藥師少女的獨語
7
日向夏
Natsu Hyuuga
illustration
しのとうこ
U0045643
貓貓
正在用大鍋子
煮沸白布條時……

燕燕
這位姑娘，隱約給人一種
晦跡韜光的感覺，表情鮮少變化。
只是，她生得一張標緻臉蛋，
從顯露的氣質就知道是位才女。
「是，姚兒小姐。」

「燕燕，把白布條拿給我。」
姚兒
是個出落得豐潤娉婷的活潑姑娘，即使找不到差事，想必也多得是官人想要她。

佳絲古爾
興奮雀躍地
蹦蹦跳跳，
巴不得能早點上船。

壬氏
晃了晃茶碗。
「這茶是誰放在這的？」

一個光看就十分可疑的人影從後頭跟來。
貓貓很想視若無睹，
但那人卻老是映入她的視野邊緣。
他以為這叫跟蹤，卻笨拙得徹底敗露了行跡。
至於說到這名跟蹤者是誰——
滿臉鬍碴外加狐狸眼，
以及不知道是自以為打扮入時還是怎樣，
戴著根本沒用的單片眼鏡。
講到這裡大家就知道是誰了吧，
就是那個連名字都不想提的某某人。

「那個人是誰啊。」

新進女官們交頭接耳。

（那人在這兒
可是大官呢。）

INTRODUCTION

異國嬪妃與巫女之謎

貓貓半被強迫地參加了考試，
成為新的醫官貼身女官。
之所以必須為醫官增設貼身女官，
是與近日進入後宮的愛凜妃有關。
這個隻身逃亡外國的異國嬪妃究竟有何企圖——
一日，鄰國砂歐的巫女來訪，參加東宮的亮相儀式，
表面上是行邦交之禮，但巫女真正的目的卻是治病。
然而巫女礙於立場，無法讓男性近身，
將由貓貓與同僚女官們為巫女診治病情。
巫女究竟患了什麼病？
另一方面，愛凜妃也在試著與貓貓進行接觸。
愛凜妃究竟有何意圖？
而貓貓究竟能否治好巫女的病呢？

藥師少女的獨語 7

日向夏

Kadokawa Fantastic Novels

目錄

目錄 7

彩頁、內文插畫／しのとうこ

人物介紹

貓貓……煙花巷的藥師，對藥品與毒物有著異常的執著，但對其他事情興趣缺缺。尊敬養父羅門。十九歲。

壬氏……皇弟，容貌美若天女的青年。對貓貓的事思惹情牽，卻總是被她四兩撥千斤。本名華瑞月。二十歲。

馬閃……壬氏的貼身侍衛，高順之子。天生痛覺比他人遲鈍，因而能夠發揮超乎常人極限的力量。個性認真但常常白費力氣。心繫里樹妃。

高順……馬閃之父。體格健壯的武人，原為壬氏的監察官。現為皇帝直屬部下，為皇帝效力。

羅漢……貓貓的親爹，羅門的姪子，戴著單片眼鏡的怪人。雖是軍府高官，但由於總是做出些奇怪行徑，旁人對他避之唯恐不及。

羅半……羅漢的姪子兼養子，戴著圓眼鏡的小矮子。對美人沒轍，相貌平平卻一見到美女就要追求。

羅門……貓貓的養父，羅漢的叔父。曾為宦官，現為宮廷醫官。過去受過刑罰，被剜去一邊膝蓋的骨頭。

阿多……前四夫人之一。女扮男裝的佳麗，與皇帝是同乳姊弟。三十七歲。

玉葉后……皇帝正室，紅髮碧眼的胡姬。二十一歲。

梨花妃……皇帝側室，胸部豐滿。二十五歲。

克用……醫師。容貌俊美，但半張臉留有痘瘡的疤痕。個性開朗過了頭，連自己的不幸身世

都能當成聊天話題。

愛凛……曾為砂歐使節，金髮蒼眼的美女。於政治鬥爭中落敗後，逃到茘國尋求庇護。

老鴇……綠青館的管事嬤嬤，生起氣來非常嚇人。

皇帝……蓄著美髯的明君，喜愛身材豐腴的女子。三十六歲。

庸醫……後宮醫官兼宦官，蓄著八字鬍的溫和老叔。

序話

眼前有艘好大的船。佳絲古爾愣愣地張著嘴，頭一次看到這麼大的船讓她睜圓了眼睛。

聽說這艘船即將順河而下，取道海路前往鄰國。知道的數字不比十隻手指頭多的佳絲古爾，只知道接下來有好多天將在船上度過。她身邊有許許多多的人，來為她們送行。

船船十分的氣派，佳絲古爾想都沒想過能坐這麼好的船。她家裡窮，爹娘只給了她一個名字與每天的粗食。豈止如此，他們還把佳絲古爾賣做了奴隸。佳絲古爾不會說話。耳朵是聽得見，但不知怎地打從出生以來就發不出聲音。她雖然天生劣於別人，但還是能幹活。只是，家裡沒有錢能彌補她的缺陷。

佳絲古爾還以為自己一定是要當人家的「妾室」。她五官還算標緻，雖然鼻子有點兒扁，但臉蛋生得討人喜歡。她以為只要成為「妾室」就能過上幸福的日子。她聽說假如變成「娼婦」就得每天做牛做馬，但「妾室」只要伺候老爺一個人就夠了。

所以當她被帶到一個大宅院時，她還很高興地以為能成為「妾室」了。

「還請妳多多關照了。」

佳絲古爾聽說老爺大多是些色老頭，但結果並非如此。一位仙姿玉色的貴人成了她的主人。主人擁有一頭雪白髮絲，是位凜不可犯、體型豐盈的美人。

主人既不嫌棄佳絲古爾不會說話，也不責怪她目不識丁。主人給了她好多昂貴的紙墨，告訴她不會寫字，畫畫就是了。

為了不變成吃閒飯的人，佳絲古爾在這裡學會了幹活。學習的期間有飯吃，也能穿漂亮的衣裳。主人很溫柔，畫畫很開心。她畫了外頭的風景、主人、周遭的前輩侍從們，以及偶爾作的夢。她曾經夢見自己乘坐眼前這樣的大船。她把那畫成了圖畫後，主人稱讚她畫得非常好。

沒有比這更好的差事了。

當主人跟佳絲古爾說要乘船前往遙遠的國度，問她想不想一起來時，她決定跟去。佳絲古爾在搭上奴隸船時體驗過乘船之旅，但是糟透了。如果是這艘船的話一定很好玩。以前她沒有暈船，因此這次的船旅想必也沒有問題。主人身子骨虛弱，必須由身體健康的佳絲古爾努力幹活才行。

聽說主人是患病了。主人肌膚雪白，頭髮也是雪白，眼睛像果子一樣紅。主人光是白日外出，肌膚就會被燒得通紅。明亮的地方對主人來說也太刺眼，待不了。

不過，白色的肌膚、頭髮與紅眼都是天選的顏色，所以是很特別的。主人說過生活並不會有所不便。佳絲古爾心想「好好喔」，主人可能是看出來了，輕柔地摸了摸佳絲古爾的喉嚨，還說如同主人是特別的存在，佳絲古爾也是很特別的。說佳絲古爾沒有聲音，但擁有更特別的東西。她好高興。

主人地位崇高，是能與國王並肩的存在。佳絲古爾不明白這麼尊貴的人為何非得長途跋涉前往異國，主人告訴她這是公務。

主人是非常特別的貴人，要做國王做不到的事。

主人知識淵博，會告訴佳絲古爾各種不同的事情。可是佳絲古爾膩著主人太久會被另一名侍女瞪，所以只能待一下下。

「喂——準備好了沒啊——」

一位貌似船夫的高大叔叔喊叫道。

佳絲古爾興奮雀躍地蹦蹦跳跳，巴不得能早點上船。不知遙遠的異國是否如她所夢見的，是一片綠油油的遼闊大地？

「佳絲古爾。」

「！」

主人來了，頭上蓋著一大塊頭紗以免曬到太陽。臉上也塗了許多藥膏，還有侍女幫著撐傘。侍女踮著腳。主人個頭很高，比侍女高出一個頭。

「巫女大人，快進船艙吧。肌膚要灼傷了。」

「我知道。」

灼燒肌膚的陽光雖然可怕，但外頭舒爽的風似乎讓主人捨不得走。赤紅眼眸在耀眼的日光下瞇起。

佳絲古爾聽說主人已經四十歲了。在佳絲古爾的故鄉大家都短命，這個年紀早都可以稱為爺爺奶奶了。佳絲古爾的爹娘也差不多是這個年紀，由於幾乎整天都在外頭下田或放牧，肌膚曬成淺黑，而且有好多皺紋；因此皮膚漂亮的主人看在她眼裡十分年輕。聽說主人以前比現在瘦，不過現在有點發福。發福代表生活富足，佳絲古爾的故鄉都是以豐腴為美。

「我們接下來要去的國家，河川湖泊比砂歐多多了。」

佳絲古爾點個頭。當她決定同行時，其他侍女已經跟她說過了。

「那裡有種植稻米與麥子，是個綠意盎然的地方喔。」

穀物是高級品，即使做莊稼活也幾乎都拿去繳稅了，自己吃不到。砂歐的都市地帶貿易繁榮，但偏鄉地區大多是貧窮的村子。只要不下雨或是蟲子一多起來，大家馬上就會餓肚子。佳絲古爾之所以被賣掉，也是因為糧食歉收。

能跟糧食充足的國家交好是一件非常重要的事。而主人就是為了這件事才會踏上漫長的旅程。

別的國家雖然說的是不同的語言，不過佳絲古爾不會說話，所以不用開口。但相對地，在聽人家說話時就得加倍努力才行。

看到佳絲古爾的這種反應，主人摸摸她的頭。佳絲古爾像小山羊般瞇起眼睛咧嘴而笑。

「好了，跟我說說妳今天夢見了什麼吧？」

她夢見自己走在秀麗的水鄉之中。等會就要上船畫畫了。

當船夫喧哄著準備讓船舶靠岸時，主人與佳絲古爾等人回船艙去了。

一話　女官考試

「久違了。」

「久違了。」

貓貓像山谷回音般，用同一句話回答眼前的人物。

貓貓正待在煙花巷的藥舖裡無所事事地調藥時，始祖療癒系武官高順出現在她的面前。

「侍衛有何要事？」

高順服侍的主子應該早已從壬氏變成了皇帝。莫非是皇帝有什麼旨意下來嗎？貓貓緊張起來。

「沒有，本來應該是犬子前來，偏偏微臣那笨兒子日前受了傷。」

所以就由高順代替他來了，說是臨時變回壬氏的侍衛。壬氏連個隨從都得謹慎挑選，相當費事。

「對，他傷得可重了。」

貓貓想起日前發生的事，在宮廷一隅曾經發生過一場大騷動。她還記得那個小伙子受傷之嚴重讓人慘不忍睹。

「是啊，斷了一堆骨頭。」

「馬侍衛真是命大。」

「微臣都對我那兒子的命硬傻眼了。」

兩人雖然語帶挖苦，不過高順所說的笨兒子馬閃是盡到了自己的職責，才會受那樣嚴重的傷。為了營救被白娘娘下藥，神智不清地跳樓的里樹妃，他甚至不顧自己的安危。

雖然做的是英雄行徑，但他除了右手以外，全身滿是骨折、跌打損傷與擦傷，連貓貓都不禁傻眼，佩服他竟然沒痛昏過去。

「那小子拄著拐杖，還跟微臣說要回去當差，所以微臣把他綁在家裡了。現在在母親與姊姊的監視下療養身體。」

原來如此。貓貓一邊點頭一邊打開抽屜，記得應該有存些茶點。

「小貓，不用勞煩了。」

「是嗎？小女子這兒有從大街買來的甜饅頭，總是沒過中午就會賣完喔。」

這是綠青館的娼妓給她的。本來是要給小丫頭的，無奈數量不夠多，好像是怕小丫頭爭著要才給了貓貓。

蒸熟的饅頭皮裡揉進了黑糖與山藥，以溫和的甜味與光亮柔細的麵皮為特色。

「……那就不客氣了。」

高順看起來像個正經八百的武人，其實對甜食毫無抵抗力。

貓貓準備茶水。綠青館早上煮了茶，用井水泡著擺涼。在炎炎夏日端出冰透的飲料，是最奢侈的享受。

向來只有貴客能享受這種玻璃杯裝的涼茶，不過既然來者是高順，老鴇上茶也就上得毫不小氣。順便一提，如果是馬閃的話伺候方式就得低一個層級。

高順表情略帶欣悅之色吃起甜饅頭來，但不知道他為何而來。總不可能是來閒話家常的吧。貓貓盯著他一瞧，高順急忙把甜饅頭塞進嘴裡，用茶送進喉嚨。

「呃……那就來談正事吧。」

總覺得有種不祥的預感。

「這兒還有一個，請用。」

貓貓把自己那份甜饅頭端給高順。比起甜食，她比較想喝酒。做事貼心的高順只要再來，甜饅頭遲早會變成好酒回到她手上。

高順把這個甜饅頭也吃了，乾咳一聲。

「小貓，妳有沒有意願成為醫官？」

「恐怕當不成。」

貓貓回得很快。女子無法成為醫官，這是這個國家目前的法律規定。

「微臣問錯問題了。妳有沒有意願成為近似醫官的身分？」

「……」

近似醫官的身分，就表示尚藥局的藥在某種程度上任她使用。原本抿成一條線的嘴唇歙歙抖動。高順眼睛亮了一下。

「而且還能嘗試新藥，也有人供妳試藥。」

「……」

貓貓臉頰一抖一抖的，嘴角開始上揚。

（不，不可以。太可疑了，這絕對有鬼。）

好事背後必有蹊蹺。

而且來找她談的還是高順，事情恐怕沒這麼單純。

再說，她還得顧這間藥舖。雖然店裡有個見習藥師，但貓貓若是丟下藥舖，他八成又要抱怨了。他離出師還早得很。

（好，這事我應該拒絕……）

但是當然由不得她拒絕，高順先下手為強。

怎麼樣的先下手為強，就是……

「妳還記得西方砂歐的使節嗎？」

「喔，就是那個……」

貓貓想起日前與羅半一同於西都見過的名叫愛凜的女子，一瞬間停住動作。就是那個獅子大開口，要求朝廷解決糧食問題或提供庇護的女子。她在西都與貓貓等人見面之前，就曾經與堂姊妹一同來到過茘國。

但是，高順只說是使節。因此，說不定他指的不是愛凜。

「去年壬總管特別賣力的那場宴會的兩位姑娘，對吧。」

貓貓使用了模稜兩可的說法。

「想一睹數十年前那位月精般的美女」——只要說是提出此種要求給人找麻煩的那些人就對了。一個是在西都見過的愛凜，另一個是名叫姶良的女人。這個女人也不是個簡單的角色，涉嫌將名為突火槍的新型火器走私給子字一族。

無論是哪一個，肯定都是棘手的人物。

「是名為愛凜的那位女子，日前以後宮中級妃的身分剛剛入宮。這事妳知道吧？」

「知道。不過那樣不會有問題嗎？感覺這樣入宮似乎急躁了些。」

「當然會有問題。由於她是異邦人，後宮內的嬪妃或宮女們都對她多有批評。不只如此，她什麼下女或下人都沒從砂歐帶來。」

的確就立場來想這樣比較妥當，但又覺得有點可憐。

「所以就找上了小女子？」

若是地位與醫官同等，要進入後宮就容易了。

「本來是想請妳以侍女身分入宮的。」

高順的表情很複雜。

再怎麼說貓貓直到去年都還是玉葉妃……不，是玉葉后的試毒侍女。她後來辭官變回平民，回到了煙花巷來，即使是上頭的命令，要成為其他嬪妃的侍女還是有著諸多問題。玉葉后說不定也會不高興。

「擁有與醫官同等的權限，就表示能夠以醫佐身分與玉葉后見面。微臣向皇后稟報此事時，皇后非常高興。」

「小女子可還沒答應呢。」

但他卻已經轉告了玉葉后，這就表示……

「是，微臣這裡有皇后的薦書。」

高順一臉若無其事地拿出書信。總覺得之前好像也發生過類似的事。

「壬總管也給了微臣一封。」

高順再補上另一份。貓貓臉部肌肉連連抖動。

「還有，聖上也有一封。」

「為何……」

最後看到一封豪華詔書擺到眼前，貓貓不禁倒退了幾步。

高順繼續緊皺眉頭，緩緩闔起眼睛。

「以前妳為了在宮廷當差，曾經參加過女官的考試對吧？」

「只是沒考上。」

有一段時期，貓貓是直接在壬氏底下當差。當時壬氏要她成為女官，塞了一大堆參考書給她。

「是啊，當時還以為妳輕易就能考上呢。因為妳勤於研習藥品或毒物，學得又快。」

「很遺憾，事實並非如此。」

貓貓並非比別人優秀，只不過是將別人該學、該會的事情撇到一邊，把多出來的心力投注在感興趣的領域罷了。

「小貓不感興趣的事不是學不會，只是學得慢而已對吧？像煙花巷的整套規矩，妳就全都記得。」

「那是逼不得已。」

老鴇看起來都已經像是半個木乃伊了，身子骨卻還硬朗得很。貓貓學不會規矩就得挨

揍，也沒飯吃。阿爹羅門有幫她說過話，但性情柔弱的阿爹自然不可能講得贏老鴇。

因此為了活下去，貓貓才一面請小姐們幫忙，一面勉強學會了煙花巷的規矩。

「換言之，妳只要有必要就能學會。只是之前即使壬總管下令，妳似乎還是無意認真學習就是了。」

貓貓往後退了更多步。

現在這兒有三封書信。

壬氏、玉葉后、皇上。

即使不是官方文書，這仍然表示有三個在這國家誰都不可違抗的貴人盯緊了她。

「無論如何都得讓妳考上。」

「這……小女子也無可奈何啊。」

高順把藥舖的門大大敞開，待在外頭像是部下的男子立時拿著布包進來。打開一看，白花花的一大把碎銀子在眼前雪亮閃耀。

「無論如何都得考上。」

不知為何，高順的背後站著手拿藤條的老鴇。老鴇看著那堆銀錢，兩眼都發亮了。

（我被坑了！）

「無論如何這次都非得讓妳考上。」

高順對貓貓堅決地說了。

高順辦事十分俐落。

他早已收買了老鴇，讓見習藥師左膳留下顧藥鋪，並包下綠青館的空房間讓貓貓念書。

有時候壞小子趙迂會來鬧貓貓，但每次都被老鴇或男僕們拎著脖子帶走。沒辦法，誰教他要妨礙貓貓用功。

房間裡焚燒著提升專注力的香料，從隔壁房間傳來能讓人心靈平靜的二胡或古箏婉轉的曲調。是精通樂律的娼妓為她演奏的。

都說念書會讓人想吃甜食，不過貓貓這兒送來的，則是鹹味煎餅（仙貝）與冰涼的果子露。真是無微不至。

（他們究竟給了老鴇多少錢？）

貓貓都不禁感到好奇了。同時老鴇也會巡邏檢查貓貓有沒有偷懶睡午覺，讓她很難摸魚。只是，老鴇年輕時是身價萬金的頭牌娼妓，因此學識也比一般人豐富。

「妳怎麼連首詩都不會寫啊？」

「我倒覺得奇怪，醫官考試考詩詞做什麼？」

正確來說不是醫官考試，而是醫官貼身女官的考試。

這個國家的女官有分幾種資格，這次新設立的說是醫官專用的女官。既然是新設的，幹麼不順便把詩詞這一項刪掉算了？

「作詩跟醫學有啥關係啊？莫名其妙地還要考歷史，還有抄經又是要怎樣啦。」

「博古通今能增加一個人的深度啊。字寫得漂亮點看起來才好懂，抄經就是一種很好的練字法。」

老鴇只有在這種時候會說幾句人話。她若是能照平常作風說「賺不了錢的事不學沒關係」該有多好？不過這次還真的跟錢有關，所以恐怕是不用期待了。

老鴇龍飛鳳舞地寫字給貓貓參考，還真是一手好字。如今已成枯枝的手，昔日想必是有著桃紅指甲的春蔥玉指吧。

寫得一手好字的女子能得男子歡心。

容貌姣好的女子能讓男子傾心。

明明是個一生為悅己者容的女子，如今卻仍留在煙花巷調教眾娼妓。如果過去真是那般貌美如花，為何不選擇更不一樣的人生？還是說她沒那福分？

有時貓貓不禁會這麼想。

「寫得一手好字又不代表內在一樣美麗。」

本以為老鴇會一拳捶下來，但她既不打也不罵。

「內在的美醜誰也看不出來。那麼至少字寫得漂亮點，不是比較好嗎？」

老鴇拿著示範用的字在貓貓面前晃晃，叫她快寫。標標準準、正正方方的字體，就像科舉的模範解答一樣。

「是是是。」

偷懶可是要挨藤條的。貓貓捲起袖子，拿起了毛筆。

女官考試似乎會頻繁舉行。不同於科舉等考試，應試的盡是年輕姑娘。跟男子不同，女子的當差期間較短，不定期補充人員的話很快就會人手不足。

只不過想成為女官的女子們幾乎都是官家或富商家的閨女，成為女官有一部分是為了學習新娘技能兼覓個良緣，所以沒多少人會把心力用在當差上。貓貓在當壬氏的貼身下女時，曾被女官們找過幾次碴，當時看她們不像是有認真當差的樣子。

試場是位於京城北側的學舍。科舉會在京城以北的一個縣城舉行，不過次數頻繁的考試還是在京城舉行比較方便。

結束約莫半個月的填鴨式惡補，貓貓憔悴地前往試場。試場有約莫一百名的考生。現場除了見習醫官之外還有其他考生，人數多一點很合理。

關於考試沒什麼好提的。過程大約一個時辰（兩小時），貓貓早早寫完就走人了。文書查核方面似乎早就通過，總不至於在文書上落選吧。她反而擔心會不會受到特別待遇而考上。

（不對，如果是那樣的話，那我幹麼那麼用功？）

希望是憑實力考上的。

貓貓假如落第，必定在漢詩或抄經等她不感興趣的方面跌跤，其他領域應該考得很好。毋寧說如果有哪裡寫錯，貓貓還希望人家能告訴她。由於是要選拔醫官的貼身女官，考題裡包括了相當基本的藥劑知識。憑那種難度，就算題目多出十倍，她也能在限時內作答完畢。

寫完考卷結束考試後沒其他事好做，貓貓打算用走的早早回煙花巷去。

若不是聽到了那個傻呼呼的聲音——

「咦～為什麼不讓我應試啊？」

試場前不知為了何事在起爭執。起爭執的人似乎是監試官與考生，但那考生怎麼看都不對勁。那人穿著女子的衣裳，但穿衣裳的人個頭以女子來說又太高大了。若只是高大還好，可是嗓子很低沉，而且好像在哪兒聽過。

（之前好像也看過這種場面。）

貓貓有種不祥的預感，很想當作沒看見，然而場面太過異常，容不得她視若無睹。

「為什麼不讓奴家進試場嘛？」

忸怩作態的女子用布把半張臉遮了起來，到了這時候懷疑已經成了確信。的確光看臉的話是有幾分像姑娘家。此人五官端正，本身線條又纖細，妝也化得很漂亮。可是聲音就算尖著嗓子說話也還是騙不過，最重要的是他身體扭來扭去的動作很噁心。

「……你在搞什麼？」

貓貓其實可以視若無睹，但又覺得被死纏不放的官員很可憐，結果只得上前攀談。這官員人真好，換作是貓貓的話，早就把這人交給負責警備的武官了。

「克用。」

他正是以前貓貓在從西都回京時，於渡口認識的男子。這名男子半張臉上留有痘瘡疤痕，用布遮著。雖然以行醫維生，但因為毀了容而無法謀得像樣的生計，是個可憐人。然而由於他為人總是傻呵呵的，看起來實在不怎麼可憐。

「啊！貓貓，好久不見～妳聽我說啊，這位老大哥不讓奴家應試呢。」

克用眨眨沒遮起來的眼睛，好像是要貓貓配合他撒謊。住手，噁心死了。

（要我配合又有何用？）

「考試都已經結束了耶。」

「什麼～不會吧～」

克用雙手包著臉頰尖聲說道，讓貓貓很是無奈。

「好了啦，會給這位老大哥添麻煩的。」

貓貓拉著克用的衣裳離開了試場。

隨波逐流是一件可怕的事，貓貓就這樣跟女裝人妖一起去吃飯。如果能換件衣服就好了，很可惜克用似乎沒帶替換的衣服來。附帶一提，衣服似乎是向他居住村子的村長夫人借的。開口的人固然離譜，但出借的人也沒好到哪去。

「還以為總算可以謀得生計了呢。再來要等兩個月後才能應試啊～」

「你連應試資格都不符合，甭提什麼應試。你要去勢的話我倒是可以幫你。」

「啊！奴家不要嘛～」

克用縮起身體扭動給貓貓看。噁心到了極點。

「你說要另謀生計，老先生那邊怎麼了？」

克用原本是在京城近郊一個村子裡的乖僻老醫師家裡幫忙。貓貓本來以為他們相處得還不錯。

「老先生他啊，這陣子精神不好，說是差不多想享清福了，要我趁現在另謀生計。」

「……」

貓貓不禁露出有些複雜的表情。因為關於老醫師精神委靡不振的原因，她心裡多少有點頭緒。

「然後我正好聽說，最近在舉辦醫佐資格的考試。」

（先看清楚應試條件再說吧。）

不對，應該就是看過了才會扮女裝，但真希望他別這樣胡鬧。而且看起來還真有幾分姿色，周遭的男子們都在偷瞧他。遮起了半張臉似乎還賦予他一種神祕的綺情。不過只要聽到他的聲音，包管他們瞬間幻夢破滅。

貓貓點了小顆包子隨便吃吃，克用吃水餃。

「不過村子裡有很多藥草，老先生又好心地說如果我要繼續住下，房子會給我呢～」

「你就繼承老先生的衣鉢不就成了嗎？」

「沒那麼好的事啦～老先生原本不是醫官嗎？他是因為有那種頭銜，人家才會大老遠跑去請他治病。換成我一個來路不明的傢伙繼承他的衣鉢，誰都會覺得可疑，不會請我看病的啦～」

的確如此。克用或許在村子裡已經獲得了一定程度的信賴，但光靠那個小村子很難填飽肚子。恐怕是得批售藥草，外加做各種副業才能勉強餬口。

貓貓豎直了一根手指。

（來得正是時候。）

「我問你，你每個月能不能從村子到煙花巷來做幾次散工？」

對於貓貓的提議，克用只考慮了一瞬間。

「……如果妳幫我出車馬錢的話就行～還有，如果能附飯的話更好。」

「要米的話我那兒多到可以賣了，行。」

在庸醫鄉里發生的那件事讓貓貓收下了一堆米麥，另外還有甘藷。由於實在太多了，她還在考慮要不要煮乾了做成糖呢。

「主要是教導見習藥師藥草知識，以及照舊將藥草批給我們。順便還想請你幫見習藥師調製他調不來的藥，到時候見習藥師跟藥舖的房東老鴇會確認一下藥品。」

畢竟克用身分背景不明，這點防範還是得做。

「再來就是店舖基本上我會讓見習藥師顧，你不用招呼客人沒關係。」

「嘎～我對招呼客人很有自信耶～」

克用又開始把身體扭來晃去。很遺憾，這傢伙就是因為破相才會謀不到生計，所以貓貓當作沒聽見。

「至於工錢嘛，這個數字怎麼樣？」

貓貓豎起一根手指。再加上他在村子裡的工作，夠他餬口度日了。只是以藥師的工錢來說稍嫌不足。

「我看得這樣吧。」

克用多替貓貓拉起了兩根手指。

「哼嘻嘻嘻嘻嘻嘻。」

雙方一面發笑的同時，貓貓瞪著克用。

這小子做事傻愣愣的，卻懂得行情。

貓貓只得一邊咬包子，一邊與克用從豎起幾根手指，一直討論到細微的工錢計算。

二話　排擠

聽貓貓說找到了新的藥師，左膳露出明顯安心的表情。

「總比又被一個人丟下顧店要好多了。」

聽他講出這種心聲，貓貓很希望能聽到他放話說：「這藥鋪有我一個人就夠了！」但是就放他一馬吧。

考試過後，貓貓過了幾天平穩的日子。那半個月人家雖然把她照顧得無微不至，但除了準備考試之外什麼都不准做，真是折磨死她了。

貓貓好久沒能下田幹活，又調配了草藥，感到心滿意足。

幾日過後，貓貓收到了書信；她心想一定是考取通知，果不其然。

「真要說的話，考那種題目誰會落榜啊。」

老鴇聽貓貓說過有哪些考題後，如此說了。

雖然很難拿滿分，不過聽說只要答對大約六成就合格了。就連臨時抱佛腳的貓貓自己算算都答對了八成以上，那些平素就在用功準備成為女官的姑娘家更是不可能落榜了。醫學方面的考題也沒考到多少專門知識，盡是些稍微想想就能答對的題目。

「要有妳們這種聰明腦袋才能說這種話啦，婆婆、貓貓。」

衣著不整的白鈴無聲無息地探頭出來。身為綠青館三姬之一的這位小姐，昨晚可能是夜裡接客了，肌膚光澤亮麗。那個客人回去時，一定已經被榨乾到像條魚乾似的。白鈴雖早已年過三十卻美貌如昔，眾人都在竊竊私議，認為是因為她窮究了房中術。她在綠青館的娼妓中可是最年長的一位。

「要我的話，光用想的都頭疼。我是有試著去記，可就是裝不進腦子裡嘛。」

人總有擅長不擅長的事物。雖然一般來說努力可以有所改進，但其中也有些事情不是一句努力就能解決的。

白鈴小姐寫不好所謂的文字。每次一寫，總是會像照鏡子似的方向顛倒。老鴇試著幫她矯正過幾次，但到現在都改不過來，不得已，只好每次都找人幫她潤飾或代筆。

說相對地或許有點奇怪，不過白鈴在舞蹈方面卻是煙花巷中無人能出其右的第一舞妓。

「這考試考上了是很好，但接著該怎麼做？妳有衣裳能穿去做官嗎？」

「衣裳什麼的，人家應該會幫我準備吧。」

貓貓等著伸手，不打算特別做什麼準備。就連考試的前一日，高順都派差役來給她送上穿去試場的衣服與整套筆墨紙硯了。高順好像還想派人接送，但貓貓有點嫌麻煩，就索性當作不知道。只是多虧於此，害得她得跟男扮女裝的克用去吃飯。

合格通知上寫到合格女官會先一起集合，接著再前往各個衙署。日期是後天，地點在宮廷裡的一處。信裡附了有著花朵形狀烙印的木簡，想必是要當成符節了。

貓貓漫不經心地把合格通知放到藥櫃上，開始用藥研把藥草磨碎。

到了後天，貓貓來到信上指示的地點。地點在眾多文官當差的樓房前，離尚藥局也近。前來集合的合格女官，大約占了考生人數的八成。聽到合格比例有八成，貓貓鬆了口氣，慶幸自己還好沒落榜。同時她到現在才終於明白，前次應試落榜時壬氏還有高順怎麼會那麼傻眼。

女官的年齡幾乎都在十四、五歲到二十歲上下。二十多歲的女子也有幾名，不過貓貓總覺得她們有點眼露凶光。理由不用細究也明白，她們必須以女官的身分，覓得將來的郎君才行。年紀越大自然就越是焦急。

（但我是覺得年過二十再當娘親比較合適。）

十四、五歲就結婚生子並不奇怪，只是身體尚未發育完成，有些人甚至連初潮都還沒來。要等到初潮來了數年之後月經才會安定，再考慮到希望身體能發育完成，貓貓認為太年輕就成婚不是很好。

（況且骨盤沒長好的話很難產子。）

貓貓把手放在自己的腰上。雖然無法期望身體有進一步成長，不過假若要產子，必須得再吃胖點才行。生產這種行為是攸關生死的。

貓貓雖然希望能體驗一次生產過程，但不能輕易說出口。假如她說想試著生個孩子看看，有些人可能會認為她瞧不起人。再說，若是得知貓貓的另一個想法，甚至還可能招來一頓惡罵。

（會拿不到肥碩的胞衣。）

胞衣於分娩之際，會跟著嬰兒一起脫落。這個脫落的胞衣，在部分地區會讓母親服用以養血益氣，據說味如生肝，鮮美可口。當然，生食動物肝臟有感染寄生蟲之虞，但這就不用擔心了。本來就是自己身體裡的東西。

阿爹教誨過貓貓：「絕對不許拿人入藥。」也叮囑她不許碰屍體，以免產生不正經的興趣。

但是，如果是自己的胞衣呢？既不是屍體，也不是拿別人當藥材。那原本是自己身體的一部分，再吸收回來有何不可？

換言之，胞衣對貓貓而言是既能遵守與阿爹的約定，又沒攝取過的未知藥材。

貓貓打定了主意要試試。

「請到這邊來集合。」

年長女官將眾合格者召集過去，看人的視線很銳利。

衣服應該都是按規定發下來的，不過有幾人將衣服做了大改。孔雀只有公的會開屏展現豐沛羽毛，但人類則是女子會穿金戴銀。

貓貓只是穿起人家準備的衣服，沒有什麼顯眼之處。只是不知為何，感覺有人在頻頻偷瞄她。

（是有哪裡穿錯了嗎？）

貓貓這件跟大家一樣，就是素色的襖裙。上半身是淡桃紅色，下半身是紅色。可能是顏色依衙署而有不同，與貓貓穿著同色衣服的合格者不到五人。可能因為醫佐是新成立的衙署，所以比較稀奇。

若要找出一個不同之處，那就是花結的顏色了。好像只有貓貓這個顏色較深一點。

貓貓覺得應該不用想太多，於是按照年長女官的命令集合，正想排隊時，背後有個東西撞上了她。

不，那種撞擊力道不能叫做撞上。貓貓來不及用雙手去撐，整個人撲到了地面上。或許應該慶幸自己的臉缺乏凹凸起伏。她的臉孔撞上地面，弄得滿臉的砂子。

「……」

貓貓一邊用手掌把砂子拍掉一邊站起來。也許該高興沒撞出鼻血來。

「哎呀，真是對不起。」

與貓貓穿著同色衣裳的一班人，優雅地微笑著走過。

「妳沒事吧？」

年長女官用小跑步趕到貓貓身邊。

「沒事。」

貓貓平靜自若地站起來。

然後……

（真令人懷念。）

這正是女子們的戰場。

見識到久違了的老套招數，貓貓不禁覺得感慨萬千。

當差第一天，似乎會先被徹底灌輸宮廷女官應有的心態。

因此不到一百名的新進女官，會在前輩女官的帶領下，到大講堂聆聽教訓。以前貓貓曾在後宮講堂開過課，但坦白講，別人的說教著實令人昏昏欲睡。

由於桌椅數量充足，新進女官們依各衙署零零散散地就座。

貓貓周圍沒坐任何人，方才故意撞貓貓的那班女官聚在一塊，坐在前方的席位上。

成為女官的女子大多是官家女兒，偶爾才會有富裕商家的女兒。女子們在後宮中的明爭暗鬥從來不曾少，而在這裡也是一樣。

只是後宮內從某方面來說瀰漫著以下克上的氛圍，有種力爭上游的精神，但這邊有點不太一樣。對這裡的人來說，如何讓自己在原有的金字塔階級裡占有一席之地似乎事關重大。貓貓之所以知道，是因為新進女官們已經三三兩兩形成了小團體，從氣氛就能感覺出其中誰是重要人物。

（大概是家長的官位直接就成了女兒的地位吧。）

在這當中若是冒出貓貓這種來路不明的野丫頭，自然是要排除在外了，或者是用些方法讓她搞清楚自己的立場。如此想來，剛才的行動就說得通了。

只是，貓貓覺得這種作法還是幼稚了點。

結束了約莫半個時辰的說明後，眾人以各衙署為單位分頭行動。貓貓即將與其他同個衙署的姑娘們一同前往尚藥局。宮廷內其實不只有一所尚藥局，貓貓在擔任壬氏的貼身侍女時，常常順道繞去的是西側的尚藥局，現有阿爹在那兒隨時候命。

相反方向的東側也有尚藥局，此時要前往的似乎就是那裡。

貓貓顰眉蹙額。

在宮廷西邊當差的多為文官，東邊則是武官。阿爹羅門之所以被配屬到西側，似乎是想盡量讓他不用與武官接觸，結果好像是白費力氣。

至於說到為何要躲著武官，貓貓也為了同個理由很想避開那裡。

（真不知道他怎麼這麼快就發現了。）

貓貓一面盡量佯裝平靜，一面跟著年長女官前行。於行走之間，常有身形魁梧的武官們偷瞄她們。貓貓姑且不論，其他女官一個個都是年輕漂亮的姑娘，身為男子會想偷瞧兩眼也很合理。

時節已經進入夏季，氣候潮溼，光是走路就會聞到一股撲鼻的汗臭味。看到男子們打著赤膊練武，新進女官們視線都在四處游移。

在這當中，一個光看就十分可疑的人影從後頭跟來。

貓貓很想視若無睹，但那人卻老是映入她的視野邊緣。他以為這叫跟蹤，卻笨拙得徹底敗露了行跡。至於說到這名跟蹤者是誰——

滿臉鬍碴外加狐狸眼，以及不知道是自以為打扮入時還是怎樣，戴著根本沒用的單片眼鏡。講到這裡大家就知道是誰了吧，就是那個連名字都不想提的某某人。

「那個人是誰啊。」

新進女官們交頭接耳。

（那人在這兒可是大官呢。）

記得軍府應該有人的地位比他更高，但是書房設置在宮廷中央。那人雖遊手好閒地到處亂晃，但只有職稱好像還算顯赫。

一注意到怪人軍師的存在，那些原本頻頻偷瞧她們的武官都一面別開目光一面盡心盡力練武，露骨到了有趣的地步。看來他們之間必定有著「敬鬼神而遠之」的鐵則。真不知道那傢伙平素給大家惹了多少麻煩。

（煩耶。）

貓貓很想早早走人，無奈年長女官走得很慢。雖然用裙裳遮住了，不過從臀部的動作來看也許是纏了小腳。

（一定很難走路。）

包括貓貓在內，五名新進女官腳步全都很輕盈。身為官家女兒，就算有哪個人纏足也不奇怪，但碰巧所有人都是一雙大腳。

「那兒就是尚藥局了。」

女官指著練武場附近一棟質樸堅實的建物。西側的尚藥局都還比較華美。

就在貓貓心生此種感想時，背後傳來了喊叫聲。

眾人回過頭一看，只見一名男子被人用擔架扛來。那個人渾身無力，身上有跌打損傷的

痕跡。

「送他到尚藥局！」

幾名身強力壯的武官，熟門熟路地奔向尚藥局。

「我們也過去吧。」

貓貓等人也跟去。

到了尚藥局，只見那些男子一臉困惑。

「怎麼了？」

「沒有，只是平常應該會有醫官在這兒。」

尚藥局裡沒半個人，也沒留下字條說要暫時外出。

倒下的男子仍然渾身無力，被人抬到床上躺著。無意間貓貓看了看男子。他渾身上下滿是跌打損傷，是個連鬍鬚都沒長好的年輕人，從曬黑的肌膚可以看出是天天受到嚴格訓練。

「他是如何倒下的？」

貓貓湊過去看年輕人的臉。

「妳做什麼呀！」

一名新進女官想阻止貓貓，但反被年長女官阻止。她用眼神向貓貓示意「妳如果會的話就幫他診治」。

「練武練到一半，就突然倒下了。應該沒打到什麼不好的地方才是……我認為啦。」

講話有點不乾不脆。可能是因為一看就知道他們是如何狠操年輕人，也可能是有個怪人從窗戶只露出半張臉偷窺，讓他感覺不自在。

體溫正常，也有出汗。只是，脈搏似乎有點慢。

「與其說是打到了哪裡……」

貓貓拿了尚藥局的幾條手巾，泡在水缸裡，把浸溼的手巾放在昏倒的年輕人身上替他降溫。

「我可以用架子上的東西嗎？」

貓貓向年長女官問道，但女官回答得曖昧不清。取而代之地，窗外的人豎起了大拇指。

怪人軍師雖然看了礙眼，但也有他的用處。

女官見狀後回答：「可以。」

貓貓盛了水，加入鹽與砂糖。以前壬氏在避暑山莊險些昏倒時，貓貓幫他做過一樣的飲料。年輕人之所以昏倒，是因為中暑缺乏水分的關係。

貓貓慢慢把年輕人的頭扶起來，讓他的嘴唇輕觸碗邊喝水。年輕人似乎漸漸恢復了意識，於是再來就讓他自己喝。

狠操年輕人的幾名武官安心地嘆了口氣。但貓貓真想狠狠瞪他們一眼。

就在貓貓把變得溫溫的手巾重新浸溼，幫年輕人身體降溫時，只聽見一陣啪啪掌聲。

一看，幾名身穿白色外衣的男子來了。白色外衣是醫官身分的證明。有一位老人，以及兩位壯年男子。

「妳合格了。」

「什、什麼合格了？」

一名新進女官問了。

「還問什麼合格？既然要給我們送來幫手，光看筆試成績怎麼行？我不過是考考妳們罷了。」

換言之，他們似乎一直在偷看貓貓等人如何應對。性情真惡劣。

「要是派不上用場，我就能當場把妳攆出去了，真可惜。」

老醫官一邊略顯遺憾地看著貓貓，一邊從水缸裡取水喝。

（看來是個怪老頭。）

貓貓提醒自己別把真心話說出來。

順便一提，怪人軍師還在外頭偷窺，不過現在可以不用理他了。

三話　醫佐

包含貓貓在內，醫官的貼身女官有五名，第一個月先讓她們在軍府練武場旁的尚藥局學做差事。

之所以選在軍府旁邊，是因為這兒差事最多。

貓貓雖然有壬氏舉薦，但並未得到特別待遇。因此，貓貓如果想進出後宮，必須在當差方面獲得讚賞才行。

每日總會有些練武人因為各種原因被抬進來。擦傷金創都是家常便飯，很多時候還得用針線縫傷口。正適合用來熟悉差事。

（原來這衙署設立得還挺認真的。）

貓貓還以為只是表面設立個衙署，也以為其他新進女官都是為了覓得姻緣才來當差，然而……

（有兩個人意外地賣力。）

其他四人當中，有兩個人勤快俐落地做事。就是看似集團領導的女官，以及另一名乖巧文靜的女官。

其餘二人別說有沒有幹勁，第一次看到流血時就已經昏了過去。儘管過了幾天之後漸漸習慣了，然而臉孔還是扭曲的。貓貓是覺得她們最好別一看到滿身大汗與泥巴的武官就蹙額顰眉。

「燕燕，把白布條拿給我。」

「是，姚兒小姐。」

喚做燕燕的文靜女官，似乎是名叫姚兒的女官的貼身侍女。在這裡她們名義上是同僚，但看現在這種態度，身分誰高誰低不言而喻。

姚兒是個出落得豐潤娉婷的活潑姑娘，即使找不到差事，想必也多得是官人想娶她。

燕燕這位姑娘，隱約給人一種晦跡韜光的感覺，表情鮮少變化。只是，她生得一張標緻臉蛋，從顯露的氣質就知道是位才女。

貓貓一個勁地洗濯白布條。這是要用來包紮傷口的，必須隨時洗乾淨備用。洗好之後，要煮沸消毒再晾乾。

同僚們還是老樣子，對貓貓不理不睬。她們極盡所能地不跟貓貓說話。不過只要對方不來攀談，貓貓也不找她們說話，所以或許該說半斤八兩吧。

醫官使喚起女官似乎毫不留情，不過貓貓早已習慣了這類差事，不需要找別人幫忙，都是獨自淡然幹活。

結果貓貓沒跟任何人混熟，就把自己的差事做完了。

她正在把煮沸消毒過的白布條晾起時，一位醫官來找她說話。

「可以問妳一個問題嗎？」

「請說。」

「妳不覺得差事做起來不方便嗎？」

難怪覺得這位醫官眼熟，原來是以前貓貓在壬氏那兒當差時認識的醫官。

「還好。」

「妳用膳時好像也是獨自一人。」

「這兒的膳食真是美味。」

不像後宮，在這裡可以添飯，而且吃的跟武官一樣，所以調味下得夠鹹。

「不，我不是這個意思，我是說她們這樣明顯地冷落妳，妳不難過嗎？」

「話是這麼說，但只有她們問我怎麼做可以輕鬆點，我卻沒什麼需要問她們的。」

困擾的是她們。她們偶爾會不把重要的傳言告訴貓貓，但是由於窗外有個怪人死瞪著斥罵貓貓的醫官，後來醫官就不敢說什麼了。那怪人每日來個數次又被部下帶回去，天天都是如此。

毋寧說最困擾的是教她做事的醫官們。真有點不好意思。

「雖然要跟大家交朋友很難，不過關於應付怪人的方式，小女子倒有點心得。」

「……教教我吧。」

總之，貓貓先搬出了羅門的名字。雖然對阿爹過意不去，但貓貓可不樂意讓那老傢伙成天黏著她。還有，只要給那老傢伙一本棋譜，他就會安安靜靜地讀上一段時間。只是如果棋藝太差，他會出言糾正。

「我可否再問個問題？」

醫官一邊在意仍舊躲在樹後偷窺的單片眼鏡老傢伙，一邊說了。不知道什麼時候又冒出來了。老傢伙眼睛瞪著跟貓貓說話的醫官，好像想把他一刀捅死似的。

「妳與軍師大人是何關係？」

「毫無瓜葛。」

「呃不，那……」

「毫無瓜葛。」

貓貓清楚明白地斷言後，就繼續去幹活了。

自從在尚藥局當差以來，貓貓就住進了宮廷附近的宿舍。雖然以距離來說，從煙花巷往返也不成問題，但畢竟住的地方較為特殊，她想避嫌。儘管煙花巷的藥舖令她掛念，不過克用會去，讓她還算安心。

阿爹也跟貓貓一樣住在宿舍裡。不過正式的醫官常常需要值夜，也有不少人直接在尚藥局附近的假寐房住下。阿爹似乎也很少回宿舍。

房間不大不小，放張床跟五斗櫃之後還有能擺下書案的空間，貓貓就滿足了。另外，還安裝了個簡易書架。書是貴重物品，貓貓買不起幾本，不過聽說只要獲得准許，尚藥局的書可以外借。

貓貓覺得這樣的生活還不壞。只是，飯食必須各自準備。雖然附近有家館子，不過貓貓經常都是借用爐灶煮粥吃。

貓貓坐在床上，攤開似乎是白日寄來的書信。書信有兩封，一封來自煙花巷，告知她藥舖的現況。

老鴇有在對克用保持戒心，不過信上說他目前還沒做出什麼奇怪舉動，與左膳也處得不錯的樣子。

另一封書信，是壬氏寄來的。

書信是以高順的名義寄來的，但字是壬氏的筆跡。內文乍看之下就像是平凡無奇的近況報告，被人看到也不妨事。但實際上提的卻是自砂歐乍到後宮的，名叫愛凜的新進中級妃的近況。為了預防遭人偷看，信中將她比喻為異國花卉。

可是，說也奇怪。

那女子的確是個不簡單的人物，但畢竟是隻身進入後宮，為何需要這樣百般提防呢？貓貓讀完了信，把它收進信匣。她沒從愛凜的所作所為看出什麼異狀。

等到數日後貓貓才明白這是怎麼回事，但此時此刻她無從知曉。

就在貓貓漸漸習慣了尚藥局的差事時，今日怪人軍師又不厭其煩地從窗外偷窺，被阿爹領了回去。

阿爹腿腳不方便，人家似乎覺得讓他一再往返不好意思，最近都用板車載他。阿爹一副侷促不安的模樣，但畢竟一邊膝蓋沒了骨頭，不得已。

「奇怪？」

剛剛才把怪人領走的阿爹羅門又回來了。正在猜想他是否忘了什麼東西時，就看到他走進了尚藥局。

貓貓收下晾著的幾條白布條走進屋內。貓貓以外的女官已經受到召集，排成了隊伍。看來又有女官沒傳話給她。醫官板著一張臉，叫貓貓也來排隊。

「我今天打算前往後宮，需要幾名幫手。」

原來如此，難怪羅門會來了。

後宮雖然有庸醫在，不過最近羅門也在後宮進出。其他醫官由於還沒少掉命根子，只有前宦官羅門能進後宮。

「小女子願意同行。」

四名女官當中的頭兒——姚兒上前自告奮勇。燕燕也跟著上前。這麼一來，另外兩人也走上前去。

「很不巧，我們已經決定好帶誰去了。」

醫官一說，姚兒瞇起了眼睛。

「太醫說的，是這位姑娘嗎？」

她不稱名字，只是瞄了貓貓一眼。

貓貓並不需要人家記住她的名字，只是希望別阻止她去後宮。畢竟貓貓就是為了這份差事，才會成為女官。

「這姑娘成天只會洗布條，倒沒看她做過什麼像樣的差事。喔，對了，還有打掃也做了呢。」

就像在附和姚兒似的，一個記不得叫什麼名字的女官插嘴了。

「與其說是女官，我看是下女還差不多吧？」

兩名女官一同嘻嘻竊笑。

（不是，那是因為妳們不做吧？）

貓貓不在乎人家叫她下女，反正她的確是當了很久的下女；但那些事情明明是上頭吩咐的差事，貓貓覺得說那些不算差事恐怕不太好。

就在貓貓考慮著是否該反駁時，另一位醫官笑咪咪的，把手放在兩個不知其名的女官肩膀上。

他正是貓貓等人初來乍到時，測試過她們的老醫官。

「說得對，妳們倆可以走人了。」

忽然被這麼說，兩名女官睜圓了眼。

「什、什麼意思？」

「因為我分明說過，要妳們好好做洗濯的差事。但妳們卻單方面認定這不算差事而什麼都不做，難道我還會留妳們下來嗎？我向來最討厭的就是這種態度。」

說話口吻雖然穩重，卻散發一種不容分辯的氛圍。

「妳們好歹考試是通過了，但是不適合在尚藥局當差。我會把妳們調到其他衙署，不過別處洗衣打掃的差事可多著了，勸妳們心裡最好有個準備。」

老醫官把話講明了之後，就指示年輕醫官將兩人帶走。

「姚、姚兒小姐！」

她們看向姚兒求救。

姚兒與燕燕只是不予置評地看著她們倆。之前看她們像是一夥的，原來之間的關係如此淡薄。

「好了，既然安靜下來了，我要再補充一點。」

醫官看看剩下的兩名女官與貓貓，然後看向阿爹。

「我對走後門更是深惡痛絕。」

阿爹的眉毛困擾地彎成了八字形。

（這該不會是說……）

貓貓自認為循的是正規考試途徑，但看在旁人眼裡或許並非如此。

更何況自從貓貓來到這兒，怪人軍師就時常流連不走，坦白講確實妨礙到大家當差了。

「如果妳沒有，就表現出妳的本事讓我看看吧。好了，我言盡於此，你們要去後宮還是哪裡就快去吧。」

一臉傷腦筋表情的阿爹低頭致謝。

結果阿爹只得把剩下的貓貓與另外兩人，加起來總共三個人一併帶去。

四話　後宮

在進入後宮之前，無論是宦官或宮女都得查驗過身體。貓貓或阿爹都早已習慣，但對姚兒與燕燕而言似乎是奇恥大辱。她們似乎極不願意讓宦官碰自己一下，臉上大大寫著「不准碰我」幾個字。最後阿爹一副死了心的表情，好心地請宮女來做。

「下不為例喔。」

「是。」

她們好像還不至於違抗阿爹說的話。只是自從聽說他是宦官後，態度似乎變差了點。

（這倒也不稀奇。）

宦官受人輕視不是什麼新鮮事。阿爹也習慣了，想必不會太介意，貓貓卻覺得生氣。

一進後宮，一種令人懷念的氣氛隨之瀰漫而來。

這兒是女子的園囿，周圍男子盡是宦官。在這種特殊環境反為日常生活的地方，住在這兒的人也會變得有些特殊。

後宮裡的人頻頻偷瞄進宮的貓貓等人。在這無法自由進出的處所，裡頭的人會對來自外界的人特別敏感。

他們眼睛發亮，期望著貓貓等人能帶來一些有趣的風聲。

其中有幾張熟面孔。貓貓與她們並沒有什麼特別交情，只是在洗衣場閒聊時，那幾名下女偶爾會加入罷了。她們看到貓貓一次次離開後宮又回來，一臉不可思議的表情。

阿爹首先直接前往後宮的尚藥局。兩名女官似乎覺得有些稀奇，邊走邊四處張望，不過阿爹與貓貓都不怎麼感興趣，逕自前行。也許是看了覺得不順眼，姚兒難得找貓貓說話了。

「妳怎麼好像熟門熟路的？」

「或許是因為小女子在這兒當過兩年差吧。」

雖然中間離開過幾次，好歹還是待到了去年秋天。

「因為後宮宮女的服役期間是兩年。」

貓貓嫌解釋一堆囉嗦，只要這樣講對方應該就懂了。

對話到此為止，一行人沉默地抵達了尚藥局。在尚藥局裡，留著八字鬍的懷念老面孔正在打瞌睡。

「打擾了。」

阿爹歉疚地一出聲呼喚，庸醫把鼻子吹出的泡泡「啪」一聲弄破，急忙跳了起來。

「哎喲！這不是羅門兄嗎？小姑娘也來了！好久不見了呢。」

庸醫挺著大肚子搖搖晃晃地走近過來。貓貓在前往庸醫老家的造紙村時曾與他同行，所以幾個月前見過面。

貓貓與庸醫是舊識，似乎也讓姚兒心有不滿。

（走後門是吧……）

貓貓反覆玩味在軍府當差的醫官剛才說的話。

「後面那兩位小姑娘是？」

看著姚兒她們，庸醫說了。

兩人一臉難以言喻的神情。對方雖是宦官，但好歹也是醫官。即使腦袋明白這個道理，但似乎仍有點困惑，不知該採取何種態度。

庸醫絲毫沒看出她們神色有異……不，是根本無意去觀察。

「妳們喜歡哪種茶點？」

他說完開始在壁櫥裡翻翻找找。就某種意味來說，真是無憂無慮的性情。

「這三位姑娘是宮廷裡的女官，今後將會幫忙醫官看診。上頭認為只靠咱們幾個很難在後宮內看診，所以試著讓她們與咱們同行看看。太醫沒收到通知嗎？」

聽到阿爹這話，庸醫猛然一驚，瞄了一眼桌子。貓貓看到桌上有封尚未開啟的書信，不過就別戳破了。

「啊——對對對，有有有。那麼咱們該怎麼做呢？」

庸醫態度很假，只差沒說「這事我當然知道」。貓貓只覺得司空見慣，阿爹則是面露苦笑。姚兒與燕燕立刻就開始顯露懷疑的目光，覺得這醫官有點兒不對勁。恐怕用不了多久，庸醫的真面目就會穿幫了。

「今日咱們要前往梨花妃的宮殿，然後前往中級妃的住所。」

後宮的上級妃當中，樓蘭妃因謀反而消失，玉葉妃成為皇后出了後宮；而里樹妃則幾乎是出家狀態，實質上僅剩梨花妃一人。

（聽說她生了男孩，不知道現在怎麼樣了。）

貓貓實在好久沒見到梨花妃了。以前她曾經不眠不休地照料患病的娘娘，因此對她有著各種情義。

梨花妃雖沒有里樹妃那般不幸，但也是位運氣不好的娘娘。貓貓聽說那些不像話的侍女都已經被掃地出門了，不知道現在宮殿情況如何。

然後講到正題，剛進後宮的砂歐女子愛凜也令她掛心。說到底，貓貓等於是為了她才會成為醫官的貼身女官。

「總之，咱們先去水晶宮吧。」

就這樣，一行人前去會見梨花妃。

在前去拜訪上級妃之時，除了醫官之外還會有宦官跟隨作為護衛。除了是保護醫官，同時也在監視來者有無危害嬪妃之意。由於還是那幾個人員，因此對貓貓而言又是熟面孔了。

由於他們盡忠職守，除非有必要否則不會找貓貓等人說話，因此貓貓連他們的名字都不知道。貓貓認為這樣無妨，對方想必也覺得只要他們不找麻煩就好。貓貓不討厭這種乾淨爽快的關係。

在上級妃之中貴為賢妃的梨花妃，宮殿仍是一樣的豪華絢爛。貓貓以前曾經借用過水晶宮的房間培育薔薇。當時她將剩下的薔薇種滿各處，使得宮殿的庭園如今開滿了薔薇。

貓貓種下的盡是白薔薇，也許是園丁覺得色彩太單調冷清，如今有紅有黃，比較特殊的還有綠色，一園子的繽紛絢麗，稱為薔薇宮都不算過分。只是花季即將結束，有點可惜。

「噫！」

來到水晶宮玄關應對的侍女見著貓貓，叫了一聲。

看來尚有幾名老資歷的侍女留下，有人一見著貓貓就明顯歪扭著臉。她們每次總是把貓貓當成妖怪。

拜此之賜，姚兒她們好像又用奇怪的目光看貓貓了。

豈止如此，連阿爹都看著貓貓，用眼神不安地說：「妳在這兒又捅出了什麼婁子？」

一行人被領至水晶宮深處。地點不是寢室而是迎賓室。過了一會兒，伴隨著衣物的悉窣聲，宛若大朵薔薇的娘娘現身了。娘娘手中抱著胖嘟嘟的娃兒，軟呼呼地嚼動著嘴巴。可以嗅到一股輕微奶味，也許是剛剛才餵過奶。

梨花妃沒撲白粉，只上了點淡淡的胭脂。娘娘皮膚本來就漂亮，不撲白粉一樣好看。

庸醫與阿爹向娘娘致意，貓貓她們也跟著做。許久不見的嬪妃看起來身體健康，讓貓貓感到很欣慰。臂彎裡的娃兒也面色紅潤，早已超過了之前早夭東宮的年紀。想到本來應該還有另一個正值調皮年紀的男孩在這兒，不覺有些傷感。

目前預定由正室玉葉后的兒子坐上東宮之位，不過皇位的第二繼承權則在梨花妃這孩子的手上。

（不知道壬氏是否還算是東宮。）

考慮到繼位問題，將來的事讓貓貓略感不安，但她目前只希望孩子能健康長大。

「繁文縟禮就省了吧。比起這個，可以請你們幫孩子看看嗎？」

梨花妃輕輕將娃兒抱給貓貓。突然要她抱孩子，雖然讓她一時有點困惑，不過娃兒並未怕生，吸著手指瞇起眼睛。

（我不是很會照顧小孩耶。）

梨花妃這麼做，必定是想讓貓貓看看孩子，讓她知道當年失去前一個兒子時傷心得失魂落魄的梨花妃，如今已經生下並養大了這麼個健壯的男孩。一思及此，就覺得小娃兒看著也挺可愛的。

補充進入水晶宮的侍女都很優秀。為了讓貓貓能抱好娃兒，還為她搬了椅子來，並給了她一杯泡著脫脂棉的水。娃兒如果想喝水，可以讓他含著。

阿爹給梨花妃做問診，幫她把脈。庸醫無所事事，在一旁笑咪咪的。燕燕代替庸醫拿用具給阿爹。

貓貓仔仔細細觀察娃兒。

可能因為天氣逐漸變熱了不少，娃兒的脖子長了一點痱子。其他沒什麼需要注意的地方，健康得很。

貓貓對眉開眼笑的庸醫耳語幾句後，庸醫幫她轉達給阿爹。阿爹似乎早已想到有這可能，囑咐庸醫從帶來的藥箱裡拿出痱子藥。

貓貓很高興孩子健康長大，不過在她抱著孩子時，姚兒一直在瞪她。

看完梨花妃之後，接著輪到新成為中級妃的砂歐女子。上級妃的宮殿有三座空了出來，但無人使用。愛凜就跟其他中級妃一樣，獲賜一棟樓房。地點在後宮的中央偏東，似乎沒受到任何特別待遇，不過那樓房好像有一陣子無人使用，周圍略嫌殺風景了點。

出來迎接的侍女們，笑容可掬地將貓貓等人請了進去。人數大約五人，以中級妃來說不多也不少。

「歡迎。」

現身的金髮新妃，穿著想必穿不慣的大袖衣裳。嬪妃有著晶瑩剔透的白皙肌膚、天藍色眼眸與豐滿的肢體，個頭也高。果然是引人注目的容貌。

（不愧是曾經想以自己與堂姊妹的美貌潛入我國的女子。）

只是她們去年來到國內時，被男扮女裝的壬氏狠狠比了下去就是。但總而言之，愛凜已經達成了當時的目的，也就是進宮。

愛凜於入宮之際，對於另一名使節姶良略有微詞，不曉得兩人的關係是否在這一年之間失和了。

（當時看她們感情不錯啊。）

女子的交情總是薄情無義，說毀就毀，但貓貓很好奇她們為何失和。可是，她不能問。

愛凜躺臥在羅漢床上，望著侍女備茶的模樣。

（皇上就愛這種的。）

她的身材堪稱豐滿豔麗。

常說異國的女子看起來比實際歲數蒼老，不過貓貓聽說愛凜年方二十五上下。皇上在夜裡的各方面可說生龍活虎，但貓貓知道皇上是個黠慧之人。如今已有兩個龍子成長茁壯，沒有必要急著多生孩子。更何況若是讓尋求政治庇護的女子產下龍子，日後難保不會成為邦交問題的火種。

（雖然已經是夠大的火種了。）

貓貓在西方之地，見過這女子堂而皇之地與羅半爭鋒。此時雖然嫻靜端莊地在那兒準備吃茶，但肚子裡在打什麼主意誰也不知道。

身旁的侍女給茶試過毒後，端給大家飲用。

「後宮的日子還過得慣嗎？」

阿爹慢條斯理地向她問道。愛凜雖然說得一口流暢的茘國語，不過講慢一點她也比較好懂吧。

「習慣了，各位都對我很好。」

愛凜用修長的指尖拿起杯子，她用的是附杯耳的異國茶杯。修長的指尖塗了滿滿的染料。茶香則帶有甜味，想是西方的發酵茶了。貓貓有點想喝喝看，但侍女只準備了阿爹與庸醫的份。

（在水晶宮的話大家都有。）

這方面應該是梨花妃的好意。看來一般嬪妃的作法，是不會給區區醫佐上茶的。

阿爹給娘娘問診、把脈。阿爹有個做法與其他醫官不同，就是會將問診所知寫成數字。雖不到羅半那種程度，但阿爹也很重視數字，將其視為明確顯示身體狀況的指標。

阿爹在桌上攤開隨身的書寫用具，流暢地寫下問診結果。

這時，貓貓發現阿爹寫的文字與平素不同。

（西方文字？）

乍看之下，那字活像是扭曲蜿蜒的蚯蚓。昔日阿爹都是用這種文字書寫與醫學相關的筆札，是後來貓貓拚了命想讀懂，阿爹才換了種寫法。

貓貓正在疑惑阿爹為何這麼做時，有幾人拚了命頻頻偷瞄。庸醫一副懵懂無知的樣子，只是照著吩咐遞上用具。一名侍女一邊蒸熟新裝上的茶葉，一邊頻頻偷瞧。另外還有一人。

燕燕神色自若地看著。

內容沒什麼大不了的，就連貓貓也看得懂。就是些脈搏正常、健康狀態良好之類的簡單詞句。

「並無特別異常之處。」

「是麼？」

愛凜平素講話流暢，但只有語尾發音偶爾比較奇特，也許是砂歐特有的發音。她可能還記得貓貓，三不五時就往貓貓輕瞄一眼。

就在一行人沒看出什麼異狀，當完了差正準備打道回府時，愛凜叫住了他們。

「難得各位到來，就帶些點心走吧。」

漂亮的布包裡包著烘焙點心，是一種形狀特殊的餅乾，散發一股酥油（奶油）香。只有女官拿到，庸醫豔羨不已地看著稀奇的點心。等回到尚藥局後得分一點給他才行。可能是找不到同樣的布，只有燕燕的布包上有花紋。

（不上茶，只給禮物？）

貓貓覺得不可思議，但拿到的東西就是她的了。貓貓把布包收進懷裡，隨阿爹等人一同前去拜訪下一位嬪妃。

拜訪完其餘中級妃，回到尚藥局時，天空已經開始染上火紅的雲霞。即使是小胃口的貓貓，到了這時辰也不免感到肚飢。她在想是否可以慫恿庸醫，讓大家到尚藥局喝茶。

「今日只看到中級妃，不過下回就得拜訪下級妃，然後還有侍女，全都得看看才好。」

阿爹口氣溫柔地說了。以前應該只需要看到中級妃才是，不知現在怎麼突然忙碌了起來。庸醫一雙大眼睛直眨巴。

讓阿爹回宮當醫官，而且還增加助手女官的人數。

阿爹以年齡而論無法一直給眾人看診，因此上頭可能是打算不久之後以女官為主進行巡

診。這麼做或許是考慮到今後會縮小後宮規模，醫官的負擔也會跟著減輕。

阿爹沒順道去尚藥局，直接前往來時走過的大門。

「那麼我們就此告退。」

「再坐一會也沒關係啊。」

（對啊，應該有點心可吃。）

貓貓也在心中支持庸醫，然而阿爹搖搖頭。

「罷了，回去還有差事要做呢。」

庸醫依依不捨地看著眾人，想必是因為他那兒只有宦官偶爾造訪，沒幾個茶友。畢竟貓貓的閨友小蘭也早已期滿退宮了。

（不知道她現在過得好不好。）

貓貓想起那個機靈地在民間謀得生計，可愛討喜的姑娘。貓貓打算找機會寫封信給她。

由於庸醫方才饞涎欲滴地看著貓貓拿到的點心，貓貓想分他一點，從懷裡拿了出來。她從布包裡取出點心，正想吃一點時，忽然注意到了一件事。

形狀特殊的餅乾呈現奇妙的筒狀，筒裡裝了東西。貓貓用指尖把它抽出來，發現是一張小紙片。每塊點心裡都有一張。

（怪了？）

貓貓重新把點心收回懷裡，又離開了後宮。

至於失望的庸醫就當作沒看見了。

五話　幸運餅乾

當差結束，貓貓回到宿舍後拿出人家送的點心。她把布攤開，將點心放在上面。一共有七塊餅乾，每塊裡頭都放了大小相似的紙。

（……這是啥啊？）

紙上寫著既像蛇又像蚯蚓的文字。這跟阿爹寫過的一樣是西域的文字，或許可稱之為手寫體。換言之，就是適於加快書寫速度的字體。每張紙都只寫著兩、三個文字，不成字詞。不同於茘國語，西方文字必須將幾個字串聯起來才能構成意義。

因此，這樣中間切斷的文字看不出是什麼意思。不知是否隱藏了某些含意。

（她在考驗我們。）

這嬪妃果然是個奇女子。畢竟這女人膽量大到都敢獨闖後宮了。一知道對方在考驗自己，就讓貓貓生氣。而如果解不開謎題，會更讓她不甘心。

貓貓把點心與紙片擺好。寫在紙上的文字有的是兩個，有的是三個。也許是隨便剪開的，紙片並非整齊的四方形，有的呈現斜角，有的歪七扭八。

點心的油滲進了紙裡，有些地方暈開了。用的是好紙，都沒破。

（以惡作劇來說也太用心了。）

不曉得她想做什麼。貓貓將紙對著亮光看看，什麼也看不到。

正在偏頭不解時，就聽到有人輕敲房門的聲響。

貓貓不曉得是誰來了，拿著紙片開門一看，門外站著姚兒與燕燕。兩人也跟她住在同個宿舍裡。當然她們從不曾找貓貓說話，因此貓貓從沒去理會過她們住在什麼地方。

「何事？」

聽到貓貓這麼問，姚兒板著臉回答：

「我問妳，白天娘娘給了妳點心對吧？交出來。」

她用命令口吻對貓貓說道。說來不可思議，貓貓雖然對甜食不怎麼執著，但也不禁覺得不想送給這種人。當然，貓貓也知道這女的並不是貪吃才來跟她要。

因此貓貓決定稍微耍個壞心眼。

「真是抱歉，我當成晚膳吃了。西式的點心吃起來有點乾乾的呢，不曉得是不是加了胚芽或什麼？」

貓貓故意講得好像她吃到了異物。姚兒一聽花容失色，逼向貓貓喊道：

「吐出來！快吐出來！」

姚兒抓著貓貓亂搖一通。看來果不其然，她的餅乾也跟貓貓一樣夾了紙片。

「剩下的呢！妳該不會沒發現就全吃了吧！」

「姚兒小姐。」

燕燕阻止了抓住貓貓肩膀猛搖晃的姚兒。她一如平素，臉色鎮靜。

「奴婢看貓貓姑娘的臉像是在笑。她的表情好像把小姐當成了傻瓜，竊以為小姐是被捉弄了。」

看來燕燕記得貓貓的名字。不只如此，還看懂了貓貓的表情。

「捉弄我？她說的是真的嗎！」

（被發現啦。）

貓貓拉好衣襟，看著姚兒。

「我的確是開了姑娘一點玩笑，不過應該是妳有失禮數在先吧？我不知道妳對我有何仇怨，但是二話不說就想搶別人的東西，跟強盜又有何不同？」

貓貓說得十分正確，想必不致引起對方的反感。姚兒滿臉通紅，看起來像個咻咻冒熱氣的茶壺。

姚兒做個大大的深呼吸後，直勾勾地看向了貓貓。

「剛才的烘焙點心，有沒有什麼奇怪的地方？如果有，希望妳可以讓給我。我會付點心錢的。」

「奇怪的地方指的是？」

「就是奇怪的地方嘛，例如夾了什麼奇怪的東西之類。」

能拿到賞錢自然很好，但貓貓也想解開那些奇妙紙片的謎題，不想隨便給人。

她們那兒的烘焙點心裡是否也暗藏機關？但貓貓不認為她們會輕易鬆口。

貓貓瞄了一眼燕燕。她雖然只是跟隨姚兒的女官，但看貓貓的眼光比姚兒冷靜。

（試著從這方面提提看好了。）

貓貓一邊考慮如何談條件，一邊開口說：

「既然妳們想知道我那份點心裡藏了什麼，就表示妳們那份裡面也有對吧？只要妳們願意告訴我，我這兒也會據實以報。」

「……」

姚兒顯現出一副非常不滿的表情。燕燕把主子的反應全看在眼裡。

貓貓拿出了手中的紙片。

「只要妳們願意讓我看，我也會把我這兒的其他紙片給妳們看。」

每張紙上寫的文字都不同。假如其中有著某些含意的話，必須全部湊齊才看得出來。因此就拿一張給她們看看也不妨事。

「其他的呢？」

「只要妳們那兒的讓我看，我這兒也會給妳們看的。」

貓貓與姚兒的地位並無高低之分。既然都接受了同一種考試，都合格了，身分差距便不再重要。雖然實際上有很多人不這麼認為，但至少在此時此刻，雙方的地位是平等的。

「姚兒小姐。」

「……好吧。」

燕燕一開口，姚兒不得已只得點頭。

「只是，這事不適合站在走廊上說。」

「那麼，就到我房裡來吧。」

「不，妳才該到我房裡來。」

貓貓是覺得哪邊都沒差，但此時如果輕易順著對方，感覺主導權會落到對方的手上。

「那麼，就到議事房談話如何？奴婢這就去借用。」

果然又是燕燕打圓場。宿舍裡有間議事房供人討論公務等事宜，而且還能上鎖，利於進行密談。

「我明白了，我這就去準備。」

貓貓把剩下的點心用布包好，離開了房間。

議事房似乎立刻就借到了。這個房間可容納約莫十人，三個人待在裡頭感覺很寬敞。

「要一起拿出來喔。」

「我知道。」

姚兒、貓貓以及燕燕在書案上挨著頭擠在一塊，一齊把烘焙點心拿出來。

三人看看三個布包。烘焙點心分別有七個、七個與六個。只有一個人的點心少了一塊，是姚兒那一包。姚兒略顯尷尬地調離視線。

「我、我不小心吃了一塊。」

「原來如此。」

貓貓看著咬掉一半、文字暈開的紙片說了。紙片七張都在。跟貓貓的紙片一樣，每一張都寫了文字。

燕燕的則是有烘焙點心，卻沒有紙片。

「紙片還沒抽出來嗎？」

貓貓一問之下，燕燕搖頭。

「不，我的這份裡面一張紙也沒有。」

燕燕把奇妙餅乾筒的洞口拿給貓貓看，裡面什麼也沒塞著。假如相信她的說法，或許表示七張加上七張，總共十四張紙片上的文字就足以構成某種含意。

（重新排列看看，也許能組合出某些意思？）

姚兒似乎與貓貓有相同想法，把紙張打散了之後重新排列。貓貓的紙片有摺出痕跡以便分辨。

文字是重新排列過了，但別說姚兒，就連貓貓與燕燕也偏頭不解。

「燕燕，妳看得懂嗎？」

「請小姐恕罪，奴婢對砂歐語言只略通一二。說倒是還比較會說。」

看來她那時看著阿爹記錄問診結果，果然是因為她會讀寫砂歐語。

姚兒有些不滿地看向貓貓。

「妳呢？」

「我也差不多。如果單字都排出來了倒還能看懂。」

貓貓的程度大概與燕燕相差無幾。只是，把文字排列東換西換，就覺得好像要看出意思來了，又好像看不出來。如果老老實實地慢慢嘗試或許可以解開，但恐怕會曠日彌久。很遺憾地，有一張紙被齒痕與口水弄糊了一個字。可能是自己心虛吧，感覺姚兒似乎變得比較乖一點。

「還有沒有其他能當成線索的物品？」

貓貓看看烘焙點心，點心全是同個形狀。當然不會完全相同，但差別沒大到能從外觀做區別。

「味道呢？」

貓貓抽動幾下鼻子。每塊聞起來都是一樣的香味，她再放一塊碎屑進嘴裡，結果還是一樣。嚐起來有一點辣，像是放了薑，但似乎純粹只是增添風味。

況且事到如今，哪張紙片放在哪塊餅乾裡已經無從追查。

「會不會其實根本沒什麼特別含意？」

燕燕偏頭說道。

「對了，記得好像有間寺廟，做過籤詩餅的占卜呢。」

既然說是籤詩，那麼寫在這紙上的文字，難道是具有測凶卜吉的意涵？就貓貓看來應該不是。

「若是籤詩的話，為何只有一人的點心什麼也沒放呢？這點令人在意。」

對於貓貓的看法，兩人也點頭表示贊成。

娘娘將烘焙點心拿給三人時，看起來並沒有指定誰拿到哪一份的動作。如果問題不在點心上，那麼其他還有——

「……莫非是……」

貓貓看向包點心的布。貓貓與姚兒的布是素色，只有燕燕的布有花紋。

貓貓細細觀察這塊花布。布料似乎是之後才上色的，上頭有著許多方塊圖案。可能用的是織後染色的方法，圖案有些暈開。莫非是用毛筆畫上去的？

「這是……」

貓貓在桌上攤開布料，然後拿起紙片與圖案仔細比對。她把紙片疊在方塊圖案上，偏著頭一塊塊疊上去，結果所有紙片都找到了位子。

「果然。」

文字橫著排成了兩行，顯現出幾個單字，似乎構成了語句。

「呃……寫的是什麼？」

姚兒瞇細眼睛說了。一個字也看不懂似乎讓她很焦急。

「『白色』，然後是『問號』。」

「再來就是『知道』吧？這個可能是『真面目』？」

貓貓與燕燕從知道的地方開始翻譯。只有一個地方因為文字糊掉而看不懂，但與其他單字比對之下，意思就看懂了八成。

「可能是『姑娘』吧。」

「應該是了。」

這些單字加起來一看……

『想知道白色姑娘的真面目嗎？』

貓貓打了個冷顫，起了一身雞皮疙瘩。

（拜託放過我吧。）

事情不是已經結束了嗎？現在再來翻舊帳會讓貓貓很困擾。

白色姑娘——白娘娘如今應該正遭到幽閉，什麼壞事也做不了才是。難道愛凜除了告訴馬閃或壬氏等人的那些事情之外，關於白娘娘還知道些什麼嗎？

她又為何要跟貓貓她們這些醫官的貼身女官提這個？

「白色姑娘是誰啊？」

姚兒偏頭不解。看來不同於貓貓，她似乎不知道有白娘娘這麼個曾經鬧得滿城風雨的人物。燕燕默默看著成排文字。

貓貓認為這事應當早點向壬氏通報，便站了起來。但才剛站起來，就被抓住了手腕。

「姑娘打算上哪去？」

抓住她的是燕燕。

「還能上哪去，這事難道不該向上頭通報嗎？」

貓貓誠實回答。貓貓為人謹慎，她可不想把麻煩的祕密獨自藏在心裡。

以行動而論堪稱眾人模範。

「我也認為得通報一聲。」

難得姚兒也站在貓貓這一邊。貓貓以為既然姚兒這麼說，燕燕就不會再多說什麼，豈料……

「是什麼樣的人物，才會突然向區區見習醫官出這樣的謎題？」

燕燕看向貓貓。聽她這口氣，簡直好像知道貓貓認識愛凜似的。

（不，我對她也所知不多啦。）

不過貓貓只知道一點，就是愛凜是個非常不簡單的人物。就算把這事通報上司，說不定她也多得是法子脫身。

或者是……

「這會不會也是某種考驗？」

「考驗……」

經她這麼一說，的確有可能。想成為見習醫官，篩選的標準比其他女官更嚴格。就算通過了考試，只要上頭覺得不是個人才就會立刻剔除出去。

倒不是沒這個可能性。

（不，可是……）

貓貓覺得以一介醫佐而論，有點太踰越職分了。首先，為了解開此一謎題，必須對西方語言有某種程度的了解。更何況她們三人不見得會乖乖分享烘焙點心裡的線索。

從各方面交叉比較來看，愛凜似乎在找善於見機行事的人才。

（簡直……）

簡直像在找細作(間諜)一樣。

假如壬氏也參了一腳，就不能說完全沒這可能性。不，可是他們之間有什麼關聯性？但也可能是反將一軍……

（好吧，猜不透。）

這麼一來或許不該什麼事都通報上去，聽愛凜的說法之後臨機應變也是個辦法。

雖然是個辦法沒錯——

「我要通報上去。」

「妳都沒在聽燕燕說話嗎！如果是考驗的話那怎麼辦！」

姚兒逼問貓貓。

如果是考驗的話，沒通過拉倒。貓貓已經考取醫佐的資格了，她不認為對方會再開除更多人手。這事以醫佐的差事來說，已經超出了職分所在。

「請二位放心，去把這事告訴娘娘吧。」

（我則是到尚藥局調我的藥。）

考試的追加項目讓這兩位去過關就好。要是再通過什麼追加考驗，誰知道又會被叫去做什麼事。

（我可不奉陪。）

看是要做洗濯差事還是奉茶都好，貓貓只想在尚藥局一面打理雜務，一面請阿爹或其他醫官教她調藥，偶爾再拿過來看診的健壯武官試試新藥罷了。能有這點小小幸福就夠了。

然而，兩人的表情卻很嚇人。

她們一把抓住貓貓，瞪著她。姚兒瞪得最凶。

「這個謎題必須三人合力才解得開。妳一個人去告狀，我們也會被等同視之的。」

她的意思就是……

「妳也是共犯。」

姚兒與燕燕的聲音重疊了。

貓貓微微舉雙手投降，露出了苦笑。

六話　軍師病倒

貓貓頂著大太陽，邊做洗濯差事邊嘆氣。她由衷覺得事情變得麻煩起來了。

她覺得麻煩的事情並非這洗濯差事，而是愛凜出的謎題，以及解開謎題之後帶來的四面圍困。姚兒與燕燕從一早就盯緊貓貓，不讓她叛逃。

（共犯是吧。）

就這樣，貓貓現在身邊有燕燕緊跟不放。她們把兩個盆子擺在一塊，賣力地洗白布條。人家幫她們準備了無患子的果皮，使得白布條上的髒汙一洗就掉。

白布條洗過之後，得煮沸過一次。人血在某些情況下會含有毒素，濺到或喝到他人的血液有時會使人染病。有些花柳病會經由血液傳染，貓貓知道其中的可怕性。

姚兒隨醫官一同外出了。說是今後會讓她們學習如何採買藥品。

（要是讓我去該有多好。）

說是不能讓貓貓獨處，於是燕燕就一起留下了。無聊死了。由於太無聊，讓貓貓忍不住想找燕燕出氣。

「不是說洗濯是下女的差事嗎？」

「我從沒說過那種話。」

的確，這話是已經被攆走的兩個女官說的。那兩個女官現在不知道怎麼樣了。當時看姚兒她們面不改色，可見恐怕不是舊識，只不過是聽說了姚兒的家世就擅自結黨聚群想做跟班罷了。遺憾的是姚兒她們似乎沒好心到會去同情那種純屬泛泛之交的小妹。

「真希望能讓我去採買……」

「我也好想去，應該說就妳一個人去更好。」

換言之她似乎是想跟姚兒在一起。看樣子雙方都有所不滿，貓貓決定不再抱怨。

就在兩人將洗好的白布條擰乾，放進盆子裡時，看到有幾人往尚藥局跑去。貓貓瞇起眼睛想看看出了什麼事，發現他們用擔架抬著一個人。

「是傷患嗎？」

貓貓與燕燕抱著盆子，回到尚藥局。由於醫官外出採買去了，現在待在局裡的應該只有見習醫官。她們認為最好還是回去候命比較妥當。

「呃，這個——」

到了尚藥局，就看到見習醫官慌了手腳，不知該如何是好。由於此處鄰近軍府，傷患上門並非稀奇事，見習醫官應該早就熟練了才是。貓貓感到不解，把頭探進人叢之中一看……

「老天啊……」

她不禁嫌棄地叫了一聲。這是因為她看到了戴著單片眼鏡的怪人，在那兒扭動著身軀痛苦掙扎。

「似乎是被下毒了。」

見習醫官臉色鐵青地說道。

「不會吧……」

貓貓有些敬謝不敏地看向怪人軍師。怪人臉色慘白，一邊發抖一邊按著肚子。若只是這樣還好……

「憋、憋不住啦。」

不需要問什麼憋不住，旁人臉色發青，抬起擔架直奔茅廁。就別提是大還是小了。

一陣陣的絞痛持續了大約半個時辰，怪人軍師的病況這才穩定了下來。只排泄不吸收會讓身體乾渴，因此貓貓等人準備了好吸收的砂糖鹽水。附帶一提，餵他喝的是見習醫官，貓貓只是旁觀。她也想過可以摻點果汁讓它順口點，不過她沒義務做那麼多。

幸好還能喝水。發生嘔吐與腹瀉症狀時，補給水分是很重要的。

看病患已經平靜下來，貓貓正在準備鍋子想替洗好的白布條煮沸消毒時，羅半神色驚慌地趕來了。

「聽說義父病倒了！」

貓貓指指怪人躺著的房間。原本的那一大群部下只有一人留下，其他早就都回去了。見習醫官也去找各位醫官了。驚慌失措是難免的，但把最重要的留守差事交給兩個女官似乎有失妥當。

燕燕一邊把水倒進鍋子裡，一邊用不可思議的神情看著貓貓。

「兩位認識？」

「算是。」

「姑娘與漢太尉似乎也不是外人，兩位是何種關係？」

「毫無瓜葛。」

貓貓清楚明白地說完，開始準備生火。

「姑娘不想說的話，那也沒關係。」

燕燕講話彷彿意有所指。表面上是在詢問，也許其實已經調查過了。

（都是那個老傢伙不好。）

都怪他不厭其煩地一天天往尚藥局跑，貓貓裝傻裝得可辛苦了。

兩人正在用滾水煮白布條時，羅半從病房回來了。

「叔公不在啊？」

「今天去採買了，得再過一個時辰才會回來。其他醫官則是到別處的尚藥局去了吧。」

「是嗎……」

即使是那麼個怪人好歹也是位高官，病倒的事情最好保密為上。但他們卻無視於公開的弊害而把怪人帶來尚藥局，想必是為了請阿爹羅門出面。

「剛才聽人家說是被下毒了？」

燕燕向雙臂抱胸陷入苦思的羅半問道。貓貓覺得很難得看到燕燕主動採取行動。

「是啊。可是，其他人也就算了，我想不透誰會對義父下毒。」

「太尉即使四處結怨也不奇怪吧？」

跟羅半說話其實可以再隨便些，但畢竟燕燕也在，貓貓稍微修正了一下說話口氣。一個在得到如今地位之前，連自己的父親都能陷害的人物，結下的仇想必多如繁星。

「義父只有看人的眼光特別準，我不認為他會把企圖毒殺自己的人留在身邊。」

「的確。畢竟要是奪走了看人的眼光，他就只是個開始散發老人味的老傢伙了。」

「義父還會下圍棋與將棋好嗎？真沒禮貌。」

「你們兩位講話都一樣過分。」

燕燕一面冷靜地吐槽，一面用筷子攪拌鍋中物。燕燕這樣一位容貌頗為姣好的姑娘跟羅

半說話，讓他露出一副心中竊喜的模樣。

羅半讓圓眼鏡一亮，似乎在把燕燕的骨架子轉換為數字。貓貓看他眼神活像個登徒子，總之先打他腦袋一下再說。

「我一個外人這樣說，若是有所冒犯還請見諒，不過為了作為日後參考，還請不吝賜教。敢問是什麼東西被下了毒？」

「這個嘛……他們說是下毒，但有沒有可能只是食物中毒？我看他八成是亂撿東西吃了吧？」

「我有派人監視義父不讓他亂撿東西吃。」

羅半堂而皇之地如此堅稱。

（所以他還真的撿過？）

貓貓變得一臉傻眼。

「請、請問一下——」

後方傳來聲音，眾人回頭一看，原來是陪伴怪人軍師的那位官吏。此人神情略顯懦弱，線條纖細。

（陸孫也是個儒雅小生呢。）

雖然隸屬於軍府，但既然是怪人的副官，文牘公務想必很多。這讓貓貓想起，最近都沒

見著陸孫。不曉得是不是被調離怪人身邊了。

「我照大人的吩咐寫好了。」

對方遞出一張粗紙。紙上有好幾處暈開，至於內容，則是寫著怪人這數日來的行動與食物的清單。

「我看看，義父剛才在……真是苦了月君，看來又被義父打擾了。」

換言之，怪人前一刻還在壬氏那兒妨礙人家當差。

怪人看似忙於公務，其實閒得很。似乎就只是偶爾給重要文牘蓋個印，或是突如其來地做些人員更迭罷了。

若是開戰了應該還能發揮一點用處，但平時他這人的存在卻比白天的燈籠還不管用。派不上用場也就算了，還去攪擾周遭其他人。

「義父在那兒吃了一個月餅，喝了果子露，也給了月君月餅，但月君一碗茶也沒上，讓義父相當生氣。」

「是。月君還是一樣的丰神俊美。」

副官神情恍惚，眼迷心蕩地說。又是一個壬氏的犧牲者。

壬氏的話恐怕只會被人下毒，而不會給人下毒吧。

「貓貓，妳知道毒藥都是多久才生效嗎？」

「要看是何種毒藥，我無法斷定。還有，有些種類的毒藥乍看之下像是病情穩定了，之後卻可能復發並置人於死地。」

貓貓瞄一眼病房。怪人軍師的副官臉色發青。

「我是覺得應該不至於。」

「妳性情真惡劣。」

羅半一臉傻眼地說著，把紙放到桌上。怪人在前去拜訪壬氏之前，似乎在宮廷中庭的涼亭打混。好像是那裡有流水經過帶來涼意，是他很喜歡的一個地方。說是怪人自備點心，在那裡吃甜饅頭。

「真是個米蟲。」

「講話還是留點口德吧。」

燕燕對貓貓好言相勸，但心裡想必也贊同她的說法。

怪人早上遲到了兩刻鐘（半小時）才來當差。真是標準的耍大牌。早膳的部分寫著地瓜稀飯與月餅。

「盡是甜食呢。」

「會得消渴病的。」

「叔公也這麼跟他說過。話說回來，貓貓，到目前為止妳有無看出半點端倪？」

羅半盯著貓貓瞧。看來他一開始是想請教阿爹，怎奈阿爹不在，只好請貓貓相助。像軍師毒殺未遂這種案子，他一定是希望能盡早解決為上。

「要是有吃剩的東西，那我還能查得出來。」

「這點辦不到，都被義父吃完了。」

「小、小的插嘴一句。」

略顯懦弱的副官又有話說了。

「若是太尉喝過的果子露，倒還有剩……」

「可否請大人立刻拿來？」

「好。」

副官馬上離開，不久之後就回來了。動作很快，貓貓才剛把煮沸過的白布條晾好。

「就是這個。」

副官把一個透明的玻璃酒瓶拿給貓貓。酒瓶附有木栓，裡面還剩大約三分之一瓶的淡色液體。從色調來看，應該是以水調淡得較為順口的葡萄汁。

「瓶子還滿大的呢。」

燕燕興味盎然地看著。即使看起來不利於隨身攜帶，不過對於愛喝果子露代替茶水的怪人來說，也許就需要這麼大的瓶子。

「竊以為這裡頭沒有下毒。」

副官說道。

「大人為何如此認為？」

「因為小的也獲賜了一些。況且要在隨時不離身的東西裡下毒絕非易事。」

「那就可以排除在外了。」

羅半接過酒瓶，放到了桌上。

「真漂亮。」

「姑娘的美貌也毫不遜色。」

這個算盤眼鏡在隨口胡說些什麼？明明生了副不起眼的外貌，看到美人卻總是不忘甜言蜜語一句。

「謝大人。」

燕燕露出禮貌性的笑容，回得公私分明。可以看出她對捲毛眼鏡絲毫不感興趣。

貓貓盯著玻璃酒瓶瞧。她觀察裡頭的液體，「嗯？」偏了偏頭。

「這酒瓶真是精美。」

「回姑娘，這酒瓶是陸孫大人送的，太尉似乎相當喜歡。」

「說到陸孫大人，最近都沒看到他，不曉得是怎麼了？」

貓貓順便問了一下心裡的疑問。

「喔，陸孫大人是去了西都，這酒瓶正是辭別的禮物。小的是大人的後任，很多地方都尚待精進。」

副官低頭說道。

「妳沒聽說嗎？」

「還真沒聽說呢。」

明明不久之前才去過西都的。

「由於玉袁大人要來京城，作為交換條件，說是希望能派個對中央情勢知之甚詳的人才到西都。於是在玉袁大人的要求下，就讓陸孫大人去了。」

玉袁就是玉葉后的父親。

一旦成了皇后之父，有些時候就是得請他移駕京府不可。雖然感覺急躁了些，不過貓貓聽說玉葉后的兒子即將舉行亮相儀式，也就是玉袁的孫子，將來有一天可能成為皇帝。

既然是東宮的亮相儀式，自然會是盛況空前。外國也會派達官顯宦躬逢其盛，因此縱然是西都的最高掌權者，也得長途跋涉來到京城才行。

「既然對方極力要求，我們這邊也不好拒絕。可惜了，陸大人在各方面都是個人才。」

與陸孫熟識的羅半略顯遺憾地說道。見過一次他人長相就永生不忘的特長，的確有很多用途。這樣的人最適合輔佐無法分辨他人長相的怪人軍師，但也莫可奈何。

整件事對燕燕來說可能有一半都聽不懂，但她沒特別追問，只是在一旁傾聽。燕燕感覺能夠成為一名知道分寸的好侍女，不過貓貓又覺得像這種摸不透她知道多少內情的對手很可怕。

「好了，言歸正傳。關於下毒的嫌犯……」

「這我已經弄清楚了。」

貓貓一邊看著酒瓶，一邊滿不在乎地說道。

「咦？」

周遭的聲音重疊了。

「究竟是誰？」

羅半重新戴好眼鏡邊說道。

「就是怪人本人。」

貓貓用指尖彈了一下玻璃酒瓶。清脆的聲音響起，瓶裡的果子露微微蕩漾。

「妳在說什麼啊？義父這人是絕不可能尋短的吧，他只會逼別人尋短。」

「講得真是難聽。」

燕燕流暢地吐個槽。

「但的確是本人下的毒，就下在這果子露裡。」

「請、請等一下。小的從未看到太尉放什麼奇怪的東西進去，難道是趁我不注意時放的嗎？」

副官也出言否定。

「是，他放了。光明正大地，當著大人的面放的。」

貓貓指指酒瓶的瓶口部位。瓶口塞了個木栓。

「小女子有一問，軍師總是隨身攜帶果子露，但有準備杯子嗎？」

「沒有，平素都是直接對嘴喝。」

「大人也是直接對嘴喝嗎？」

「不，小的不敢！昨晚小的將太尉送回府上時，太尉買了果子露回府，那時就賜了小的一些。」

在買飲料時，一般經常都是帶著容器去買。怪人想必是把空出的酒瓶洗過，然後讓店家重新把果子露裝進去。

「換言之，果子露是昨天買的對吧？」

「是。」

這下就能斷言了。下毒的正是軍師本人。

「那妳說說，義父究竟下了何種毒藥？不管妳如何討厭義父，亂開玩笑的話，哥哥可是會生氣的喔。」

「誰跟你哥哥了。」

貓貓不禁露出了本性。她偷瞄一眼燕燕，只見她一副「果然」的表情。不用說也知道，她已經針對貓貓做過了調查。貓貓乾咳一聲，重新打起精神。

「此種毒藥每個人身上都有，就是這個。」

貓貓指指嘴巴。正確來說是嘴裡的東西。

「就是唾液。」

「唾液？」

不用杯子喝酒瓶裡的果子露的話，直接對嘴喝最便捷。結果，果子露裡就混入了唾液。

「唾液哪裡有毒了？」

「被狗咬到手之後若是放著不管，不是會腫起來嗎？這也是同個道理。無論是狗是人，儘管唾液成分多少有些差異，但都含有毒素。」

而此種毒素若是獲得養分，會增加得更多。

「炎炎夏夜，加上在涼亭偷閒的時辰。果子露若是不冰著而帶在身上，裡頭的毒素會越變越多，最後增加到會吃壞肚子的量。」

既是玻璃酒瓶，想必更易於凝聚熱氣。貓貓以前曾經用金魚缸凝聚過太陽光，而這次應該也是以類似的原理替果子露加熱。

「人人只知道魚鮮會腐壞，卻常常以為飲料不會才半日就腐壞，其實是會的。事情就是這樣了。」

所以怪人軍師現在才會臥病在床。

「真是給人找麻煩呢。」

貓貓不留情面地說。

「呃，是麻煩透頂沒錯……」

羅半雙臂抱胸，在煩惱如何向眾人解釋此事。

「索性改稱是吃了撿來的東西如何？不然此事恐怕很難解釋。」

副官提出更進一步減損怪人威嚴的意見。看起來戰戰兢兢的，說話卻很直接。

「不，只要知道酒瓶裡的東西有毒，就很好解釋了。貓貓，妳試個毒吧。妳不是很擅長嗎？」

「我不要。」

貓貓一口回絕了。

「為什麼？妳平時不是都搶著做嗎？」

「還問我為什麼，這可是那個老傢伙喝過的東西耶。你會想喝嗎？」

「……」

羅半一副深有同感的表情。

「能否請妳再對義父好一點？義父好歹還在經歷喪妻之痛呢。」

「我怕他得寸進尺。」

貓貓明白地說了。

真是個烏龍案件。

過了不久，醫官等人回來了。

「竟然還發生過這樣的事啊。」

阿爹一臉傻眼地說道。姚兒為了繕寫採買品項的文書，似乎要晚點才會回來，讓燕燕顯得大失所望。

由於怪人軍師看起來並無大礙，於是就把他送走了。貓貓等人趁他還在睡夢中請人把他搬走，純粹只是因為他如果醒來會很麻煩。

醫官等人回來了是很好，但接著又吩咐貓貓她們把買來的藥做分類。這對貓貓來說是有趣的差事，只是因為今天發生過事情，把她累壞了。

「今天真累。」

「是呀。」

燕燕找貓貓說話了。可能因為姚兒不在的關係，她今天常跟貓貓說話。

燕燕原本就只是面無表情又沉默寡言，並沒有明顯找過貓貓什麼麻煩，貓貓認為她並沒有討厭自己。之前沒說過話，一方面可能是因為姚兒在場，另一方面則跟貓貓的理由相同。

（嫌說話麻煩。）

她性情很可能與貓貓相似。

「關於至今的事情，也許我得稍微跟姑娘道聲歉。」

燕燕一邊把藥收進抽屜裡一邊說道。

「姑娘所指何事？」

「是關於我的態度，我想我向來對姑娘似乎是太失禮了。至於姚兒小姐的態度，希望姑娘能睜一隻眼閉一隻眼。小姐只是因為本來打算名列榜首入宮，卻被姑娘贏過而不高興罷了。」

「榜首？」

「姑娘沒聽人家解釋嗎？考試奪得榜首的人，應該會拿到不同於其他合格者的花結。」

「喔。」

貓貓想起只有自己的花結顏色比別人深。貓貓關於衣裳的事情全都丟給高順處理，而且要換的衣裳送來時貓貓正在被老鴇教訓，沒閒工夫去管那些。

（我沒聽人家說話。）

這真是過意不去。

不過，貓貓本以為自己是勉強考上的，這個消息真令她意外。

「因為通才科目姑且不論，專門知識能答對一半就算不錯了。」

她說的通才科目，也許指的是那些貓貓不情不願地研讀的歷史或詩詞。貓貓在那方面可是努力過了。夠努力了。

「姚兒小姐說她在通才科目是全部答對，所以想必是在專門知識上輸給貓貓姑娘了。我也自認在成績上不可能輸給別人，所以一度懷疑姑娘是走後門。」

「是這麼回事啊。」

貓貓心想早知道就不用那麼用功了，不禁略感後悔。不過無論如何，既然老鴇已經遭到收買，她是逃不過那段寒窗苦讀的。

「那是因為小女子有藥師的經歷。」

「是，今天的事已經讓我明白了。可是，姚兒小姐她就是會覺得不甘心。」

貓貓不是不能明白。她不討厭那種性情，比起為人自卑要好多了。

但問題是姚兒不知道旁人看到她那種態度會作何反應。及第的女官中家世最好的人就屬姚兒，其他女官只能俯首貼耳。

「小姐不是個壞人，還請姑娘不要見怪。」

相較之下，燕燕的應對方式成熟多了。貓貓沒聽說過她的年紀，但應該跟自己相仿。

「姚兒小姐年方十五，尚有些年幼無知。」

「妳說……十五嗎？」

比貓貓小了四歲。但身材卻發育得相當好。

「長得還真大呢。」

哪裡大就不明說了。

「是，是我努力養育出來的。」

不知怎地，燕燕驕傲地說。

（十五歲就沒奈何了。）

如果說她還是個小孩子，她也許會生氣。

不過，這下就有了一個疑問。

貓貓知道這位名叫燕燕的女官是姚兒的貼身侍女，不過看起來相當聰明。最重要的是姚兒都不會的西方語言，她卻多少懂得一點。

「我可否問一個問題？」

「姑娘請說。」

「我若是沒應試，應該也是姑娘考上榜首吧？」

貓貓一問，燕燕面露偶人般的笑臉。她將下一份藥品放進抽屜。

「**絕對**沒有那樣的事。」

（絕對是吧。）

為了考到高分而舞弊會是個問題，但故意答錯題目就不算舞弊了。

該說這姑娘應對舉止合乎禮節，卻讓人大意不得嗎？

換言之貓貓只想說，這姑娘不好惹。

七話　愛凜妃的意圖

宮外的醫官——主要是羅門，大約每十日才會造訪後宮一次。基本上，上級妃每月拜訪一次，中級與下級妃則是三個月拜訪一次。以這種方式要為所有嬪妃巡診並不容易，但上頭怎麼說就只能怎麼做。

自前次訪問後宮至今已過了九日。除了受到兩位女官監視之外，這九日對貓貓而言一切如常。

只是每當有書信寄來都得經過檢閱，讓貓貓有點傷腦筋。幸好壬氏從未直接寫信給她，大多都是以高順的名義寄來。還有一件不重要的事，就是馬閃已經復職了。想到之前傷勢的嚴重程度，恢復的速度之快堪稱異常。

（不曉得是不是身體哪些構造異於常人？）

貓貓不禁希望以後能找個機會，比較他與別人傷口恢復的速度。

左膳寫信給她，說藥鋪一切平安。只是信上多了些怨言，說克用吵得讓人受不了。那人的確是開朗到煩人，但這只能請左膳忍忍了。

書信裡偶爾還會夾進貓兒毛毛的畫像，想是趙迂畫的了，還不忘用朱墨捺上肉球印代替印記。紙張皺巴巴又能看到爪痕，想必是硬抓著捺上去的。

姚兒以檢閱為由，看貓兒的畫像看得目不轉睛。看過癮了之後，才依依不捨地還給貓貓。後來燕燕問她要貓兒畫像，一定是要送給姚兒的了。

姚兒她們好像只把「白色姑娘」當成個暗號。燕燕似乎覺得不大對勁，不過既然姚兒不在意，她好像也無意深究。

（白色姑娘是吧。）

貓貓認為八九不離十就是白娘娘，但也有可能錯了。

（假如不是的話……）

貓貓想起以前食物中毒，受過她搭救的畫師。他家裡有一幅白髮紅眼美女的畫像。說是他親眼在西域見過的女子。

假若砂歐出身的愛凜，說的是那名女子的話……

不，愛凜都這樣特地出謎題了，貓貓搖搖頭認為應該還是白娘娘。

不過，關於畫師邂逅的白色女子，依然讓貓貓掛心。

（會不會兩者之間有著某種關係？）

這個疑問直到她翌日與愛凜再次會面時，才得到了解答。

在後宮擁有妃嬪地位的女子不到百名。

當上級妃離宮時，總會引發各種傳聞，但若是低階的嬪妃，有時候常常是不知不覺間就不在了。有些是被賜婚，有些則是維持著處子之身被送回娘家。

很多宮女會恥笑離宮的嬪妃，但貓貓覺得離宮沒什麼不好。

有一間獨房，門外掛著畫有花卉與數字的木牌。這是下級妃的獨房，但門上掛著黑布。

黑布代表喪事，換言之這表示居住獨房的嬪妃過世了。

貓貓等人包括阿爹與庸醫、還有姚兒與燕燕在內，一同於後宮內巡診。這是他們第二次造訪後宮。

「是病逝了嗎？」

姚兒脫口而出。若是患病的話，上回來看診時阿爹應該會發現。既然不是，就表示——

「我想是自盡吧。」

這一點也不稀奇。只要案情沒有蹊蹺而確定是自盡，在後宮不會引起風波。雖不會說司空見慣，但也沒稀奇到需要大驚小怪。

進入後宮的嬪妃無論是何種好花，每一個無不是以美貌為傲。因此也有很多人自尊心強，不少人進入後宮之後就在理想與現實的落差之下嚴重受挫。

「聽說生前鎮日藉酒消愁呢。」

貓貓聽見了宮女們的說話聲。她們似乎聊天聊得專心，沒發現有醫官走在附近。一看到醫官的白色外套，宮女們都急忙回去當差了。

（果真是女子的墳場……說錯，是戰場。）

敗下陣來的人只有消失一途。

就某種意味來說，被使喚來使喚去的下女們畢竟有服役期限，還算比較自由。因為只要靜待期滿，就能退宮了。

今日一行人預定巡視下級妃的獨房，最後再去拜訪愛凜。由於上次才剛去過，此次本來預定是不用前往，但因為本人強烈要求，於是決定再跑一趟。不知是身體有所不適，還是想知道其他什麼事情。

首先，一行人來到持有山茶紋飾的下級妃的獨房。

「我這兒一切安好。」

香水氣味刺鼻的嬪妃一邊讓侍女搧團扇一邊說道。由於時節已是夏季，濃重的氣味撲鼻而來，讓貓貓很想捏起鼻子。更糟的是房間居然門窗緊閉，氣味散不出去。

（白費生了一副皇上喜歡的身材。）

嬪妃身材凹凸有致，即使穿著衣襟緊閉的衣裳都看得出來。雖然五官有點冷酷，但看起來不笨。對於還是一尾活龍的皇上而言應該還看得上眼。

貓貓偷看了一下庸醫拿著的簿本。紙頁上寫著此時眼前這位香水味刺鼻的下級妃之名。簿本記載了嬪妃過去患過的疾病，不只如此，連臨幸的次數都寫在上頭。

（看樣子果然是皇上喜歡的類型。）

上頭寫著有過一次臨幸。後來就沒有了，恐怕還是因為香水太過刺鼻。舶來品香水有很多氣味較重，若是只擦一點點在耳朵後面會散發迷人香氣，但不可多擦。

雖然貓貓覺得這樣做太過露骨且欠缺格調，但後宮內每次行房都得一一記錄下來，並且有義務向醫官通報。雖說是義務，可是坦白講很難熬。

（是啊，例如玉葉后那時候。）

貓貓待在翡翠宮之時，每三天皇上就會駕臨一次。

她們必須派人在繡閣外等候，以確認兩位是否真有歡好。基本上這事都是由侍女長紅娘來做，但當皇上連日駕臨之類的時候，紅娘似乎實在是熬不下去，有時會讓貓貓代勞。

（雖然在煙花巷看習慣了……）

但是皇上與玉葉后的歡好，就連還算習慣的貓貓來看都覺得境界挺高深的。光只是隔牆聽到聲音都有些難堪。貓貓每次都覺得對三十歲小姑獨處的紅娘來說，這還真是件苦差事。

光是需要像這樣記下次數，就會讓貓貓覺得這裡與外界是截然不同的地方。

繼續這樣下去，皇上恐怕是不會再來這下級妃的房中行幸了。嬪妃可能是因為曾為皇上侍寢，看起來莫名地有自信，但貓貓看了反而替她難過。

因為一度為皇上侍寢，就更難離開後宮了。

（至少要是沒有這股臭味的話……）

貓貓懷疑嬪妃散發這麼刺鼻的氣味，會不會是鼻子有問題。

不，恐怕貓貓並沒有想錯，實際上看起來也是如此。

嬪妃的櫻桃小口常常是張著的。與其說是壞習慣，倒比較像是在用嘴巴呼吸。

一般來說，生物都是用鼻子呼吸。貓狗以鼻子呼吸，人體構造基本上也是如此。

嬪妃用嘴巴呼吸，也許表示她鼻塞。自幼養成用嘴巴呼吸的壞習慣會影響牙齒排列。

（她的齒列……）

正好阿爹在請嬪妃張嘴，齒列還算整齊。看來阿爹也跟貓貓有相同想法。

「娘娘是否常打噴嚏？」

「是。」

「鼻塞呢？」

「春季到初夏經常如此，尤其是來到後宮之後。」

「會不會睡不好？」

「只要不鼻塞就睡得著。」

阿爹流暢地一一寫下。

由於庸醫只會愣愣地看著，於是貓貓將藥箱拿給阿爹。阿爹從中取出了鼻淵藥。

「請娘娘服用此方。如若出現夜不得眠的狀況就請停止服用。另外，此方可能使得小解次數增加，但應該不成問題。」

「還有……」阿爹又補充說道：

「娘娘目前使用的香水恐怕不合體質。如要使用香水，不妨只輕擦一點，或是改用其他香水。」

「好。」

嬪妃可能是因為阿爹看出了鼻淵症狀覺得高興，回答得很老實。

貓貓都察覺到了，阿爹不可能看不出來。而且不直說「香味很刺鼻」而是委婉地提醒。不過等到嬪妃不鼻塞了之後，終究會知道氣味有多重的。

離開嬪妃房間後，阿爹觀察一下庭園裡的樹木。樹上盛開著許多夏季色彩鮮豔的花朵。

「剛才那娘娘是何處出身？」

「似乎是來自西北的遠方。那兒鄰近沙漠，要住在那種氣候的地方真不簡單。」

庸醫一邊打開簿本，一邊說道。

阿爹緩緩轉向貓貓她們。

「那麼既然有這機會，就來考考妳們吧。妳們認為娘娘鼻淵的病因是什麼？」

阿爹慈祥地瞇起眼睛出題。貓貓本想舉手作答，但被阿爹盯著瞧，只得緩緩放下了手。阿爹考的不是貓貓而是姚兒與燕燕。

姚兒緩緩舉手了。

「會不會是因為房間門窗緊閉？」

（這也是原因之一。）

的確緊閉著。所以氣味散不掉，相當難聞。

房間看起來很乾淨，但空氣流不流通則不得而知。他們沒看過寢室，說不定灰塵很多。

「還有也許是房間不夠乾淨。因為臥室骯髒會生蟲，有害身體。」

的確有此可能。不過，貓貓持不同意見。

（那位娘娘，看起來不像放棄了聖上臨幸的希望。）

那樣的嬪妃不可能在打掃臥室上偷懶。氣味過重的香水就某方面而言，也可理解成一種妝飾。只是因為鼻塞而輕重失宜罷了。

貓貓看了看庭園裡生長的草類以及樹木。

（自春季至初夏罹患的嚴重鼻淵……）

貓貓蹲下去，拔下長在路旁的草。此為艾草，貓貓常用來作為針灸的艾絨。雖是隨處可見的草類，不過在嬪妃的故鄉想必沒有生長。

見貓貓一臉無趣，阿爹就像在說「拿妳這丫頭沒辦法」，拿起了貓貓拔下的艾草。

「娘娘的臥室很乾淨，想必是隨時保持纖塵不染，以備聖上隨時駕臨。尤其是曾一度得過臨幸的娘娘更是必定如此。」

被判定為答錯，姚兒露出不服氣的神情。

阿爹巧妙地說點好話。

「姑娘的著眼點很好。不衛生的地方常會使人生病。尤其臥室更是關係重大。」

姚兒好像因為獲得稱讚而心中竊喜，但又覺得被宦官稱讚好像沒什麼好高興的，兩種想法造就了一副複雜的表情。

（要是我的話早答對了。）

對年歲比自己小的姑娘不該如此幼稚，但對貓貓而言，阿爹是少數能夠撒嬌的對象。

「有時候這類花草，會形成噴嚏的原因。」

此種噴嚏不同於風寒。當人體吸收植物的花粉或孢子時，有時會引發噴嚏以及鼻涕不止的症狀。

「花粉會在體內作怪，而使人打噴嚏。」

阿爹講話語氣十分明確，但他平素不會這樣對貓貓說話，而是會考慮到也許有其他原因危害了身體。但是在目前這個狀況，明確斷言對兩人來說比較好懂。不止姚兒與燕燕，連庸醫都一副欽佩的模樣。

（不是吧，不是應該你來教人家嗎？）

貓貓的心聲險些衝口而出，她壓抑下來。

「我有一問。」

姚兒又舉手了。

「假若花粉會在體內作怪，那不是應該大家都打噴嚏嗎？」

阿爹和藹可親地微笑。

「妳說得對。不過，就如同風寒不是人人會得，花粉也不是會在每個人體內作怪。還有一種情況是平時沒事，有一天卻突然作怪，例如身體狀況不佳之時，或是自遠方長途跋涉，遷居至一個新地方的時候。」

換言之，說的就是剛才那位嬪妃。

（這我都知道啊。）

貓貓開始不高興了。阿爹一臉為難地看著貓貓。

一般以為醫官都會高高在上地要求後輩自己偷學技術，但阿爹不同，有教無類而且諄諄不倦。

雖然有點不甘心，不過貓貓已經是大姑娘了。她只得恢復成平素的表情，前往下一位嬪妃的住所。

看過了大約十位嬪妃後，一行人最後來到愛凜的樓房。不知怎地，貓貓總覺得在那異國女子的名字後頭加個妃字怪怪的。這並非因為她是異邦人；假如貓貓會以這種理由歧視對方，那麼身為胡姬的玉葉后應該也不例外。

貓貓之所以無法將愛凜視作娘娘，只不過是因為她不認為那女子進後宮是為了做嬪妃的緣故。

笑臉迎人的模範侍女為一行人開門，將他們領至上回那個房間。

進房之前，燕燕戳了戳貓貓的衣袖。

（是是是，我明白啦。）

意思是貓貓雖是共犯，主犯卻由姚兒來當。貓貓是覺得燕燕比較能臨機應變，但說這無濟於事。燕燕終究只是姚兒的綠葉罷了。

話說回來，問題在於該何時開口。

看來特地喚來醫官是有理由的，愛凜前來時臉色顯得有些發燒。貓貓看不太出來她是演戲還是真的患病，只是火燙的臉頰有種莫名的豔色。

（胸部真夠大的。）

嬪妃由於身體不適，身上的衣裳近乎寢衣。其中一名侍女顯現出一種「這樣成何體統」的眼神。

至於燕燕偷瞧，與姚兒胸部做比較的事就別說出來了。難道她還想幫姚兒繼續豐胸嗎？

「那麼微臣為娘娘量脈搏。」

無論打扮得如何撩人，在這裡的男子全都沒了命根子，盡是些老樹枯柴似的老頭跟老傢伙，美人計不管用。

阿爹看過症狀後開藥。他看嬪妃脖頸似乎有點發硬，因此藥方中添加了葛粉。

「只是風寒罷了。想必是不習慣新環境，才會感到疲勞。」

「謝太醫。前幾日我就想過，這個國家的醫師原來都不施咒的呀。」

愛凜一臉不可思議地說道。

「好像也有些醫師會施行那種醫術，只不過是微臣不那麼做罷了。」

阿爹就連「施咒」這種可疑的行為也不加以否定。

「也就是說不是完全沒有了？」

「若是娘娘覺得咒術比較可信，微臣是否該請擅長此道之人前來？」

阿爹如此一問，愛凜搖搖頭。

「不，我正覺得沒有比較好呢。別看我這樣，我以前可是曾以見習巫女的身分為國效力。如果醫師向我講述不同的教義，我會很為難的。」

「原來是這樣啊。既然是關乎巫女信仰就只得如此了。」

即使進了後宮，皇上並不會苛求嬪妃捨棄信仰。他容許嬪妃在個人範圍內低調信仰自己的神明。

（都捨棄自己的國家了。）

看來信仰沒這麼容易捨棄。

「微臣聽聞過砂歐的巫女信仰。不知宮中舉行祭祀之時，娘娘將如何因應？」

後宮內會舉行祭神儀式。

「不成問題。只要他們允許我參加，我願入鄉隨俗。」

真能隨機應變。

姚兒在一旁看著兩人閒談，顯得急於開口。看來她一直掌握不到向嬪妃攀談的時機。最好就這樣什麼話都別說。

然而，優秀的下屬總是能在這種時候幫主子一把。

啪哩一聲，清脆的聲音在診療中的房間裡響起。

是有人吃放在桌上待客的茶點——薄燒煎餅的聲音。燕燕依然面無表情，正在吃煎餅。

「燕燕！」

姚兒斥責燕燕。由於姚兒已經有所表示，阿爹與庸醫便都沒有插嘴的餘地。不過，平素的燕燕想必不會做出這樣不懂禮數又放縱的行為。

「請娘娘恕罪。只因煎餅看起來實在太美味了。」

「不要緊的。端出來就是要請大家吃的。」

愛凜依然一臉慵懶地說了。

可能早就在等這一刻，燕燕對姚兒使了個眼神。姚兒似乎這才終於察覺到她的意思。

「的確看起來實在美味。日前娘娘餽贈的**點心**也十分美味，是非常特別的白色點心。」

那餅乾雖然形狀有些特殊，卻不是白色的。換言之姚兒是用這種說法，讓嬪妃知道暗號已經解開。

愛凜表情依舊，反倒是侍女一臉不可思議。也許她並不知道餅乾裡藏了紙片，或者是主子騙她說那是籤詩。

「那真是太好了。其實我平素就愛做些點心，今天我這兒還有一些，不嫌棄的話就帶些走吧。」

愛凜擺出淺淺的笑容。從她的表情，很難判斷她聽懂了姚兒的意思沒有。真想瞧瞧她這回送了什麼點心。

愛凜送給她們的點心，這回沒暗藏任何機關。離開後宮做完差事後，三人一邊互相示意一邊做了確認。點心裡只放了一紙信箋，上面寫著約定於宿舍附近的飯舖見面。三人的點心裡都放了同樣內容的信箋，可見還是得三人一起行動才算合格。

皇都北部的店肆大多是高級店鋪。嬪妃與貓貓她們相約的店鋪，也是上等的高檔酒樓。店裡客人多是文武官僚，因此也準備了獨房。

「我們顯得好突兀呢。」

名為酒樓，自然是上酒的店家了。酒店樓房高大豪奢，雖然高貴雅致，但年僅十五的小姑娘姚兒恐怕並不熟悉此種場所。

三個姑娘在無人同行的狀況下，並不適合來到這樣的地方。

大多數的客人皆為成年男子，除了女侍之外幾乎不見女子。一般都認為女子不該來到此種場所。不過貓貓在煙花巷早已習慣了酒席飲宴，即使旁人視線冰冷一樣不放在心上。最起碼這裡還沒有發酒瘋的醉鬼。

妝容清雅的侍者走向她們。
「各位姑娘有何貴事？」
她們沒被當成客人看待。搞不好還被錯認為來謀職的。
「我們是西域的客人。」
貓貓照著信箋上寫的說。侍者似乎聽懂了，將貓貓她們領進了店內深處。

一進入侍者帶路的房間，貓貓頓時失去原本的緊張，陷入一種無邊無際的虛脫感。
「嗨。」
一個矮個子捲毛戴圓眼鏡的人正在喝果子酒。不，也許不是酒而是果子露。
此人正是怪人軍師的姪子兼養子羅半。另外還有一名男子，不過此人是羅半經常帶在身邊的護衛，從來不曾在談話中插嘴，所以可以視若無睹。
「這位是……」
「妳認識他嗎？」
日前怪人軍師昏倒之際，燕燕已經見過羅半。姚兒當時外出所以沒見到他。
「幸好妳們順利找到這兒了。要是妳們沒來，我還在想這下麻煩了呢。」
「我要走了。」

貓貓轉身就走，姚兒一把抓住她的手臂。

「怎麼忽然就說要走？還有，妳也跟這人認識？」

姚兒臉上浮現問號，輪流看看貓貓與羅半。

「這位是羅半大人。因為貓貓姑娘是漢太尉的千金。」

燕燕說的是怪人軍師的正式名號。看來果然是調查過了，貓貓露出有苦難言的神情。

「我與太尉毫無瓜葛。」

貓貓一如平素地回答。

「哦，妳知道的真多。」

羅半佩服地說完後，燕燕一副若無其事的神情說：

「太尉那樣天天前來露臉，自然會忍不住想調查一番了。不過部分人士對太尉那種行為，好像都已是心照不宣了。」

（都怪那個怪人。）

貓貓在心中暗自咒罵。那老傢伙成天只會做些不正經的事。他自從日前自己搞出食物中毒以來，每次吃東西時好像都被部下緊盯著。

「而這位，是漢太尉的公子。」

「妳哥哥？」

姚兒一面偏著頭一面說道。

「是啊。」

「不是。」

「到底是不是？」

貓貓認為這種時候至少也得把姚兒拉攏至自己這邊才行。

然而，姚兒瞪著貓貓。

「既然這人是妳的家人，也就是說你們從一開始就是一夥的嘍？」

看來被她誤會到其他方面去了。的確，一旦得知首謀跟自己人認識，會如此認為也是無可厚非。

「這就不對了。」

羅半出言否定了。

「若是連這點謎題都解不開的人，就算是自家人我也不會搭理。因為沒用的傢伙送過去，也只會徒生枝節而已嘛。」

圓眼鏡男把狐狸眼瞇得更細地說道。這並非是在幫貓貓說話，而是羅半的真心話。羅半這人可是個背叛了親生爹娘，還把他們趕出家門的偽君子。

燕燕微彎嘴巴。乍看之下像是笑臉，但感覺其中混雜了諷刺。也許她對於羅半是何種人物早有耳聞。比起偏著頭的姚兒，她顯得世故多了。

（不如說搞不好是為了輔佐不經世故的主子才變成這樣的。）

以人員安排而論很正確。

「站著說話也不方便，不妨一邊吃飯一邊慢慢談吧。」

貓貓一面擺出臭臉，一面就座。以立場而論應是羅半請客。就盡量點些昂貴的菜色吧。

「事情就是這樣了。」

羅半口氣輕鬆地說完，但談到的內容卻麻煩得很。怪不得他要特地選間高官專用店家的獨房，這內容的確該私下商議。

從各方面簡化起來說，就是愛凜進入後宮之事羅半也參了一腳。這貓貓知道。理由似乎是因為愛凜的政敵企圖掌握權力，且愛凜感覺生命受到威脅。

愛凜之前拜託羅半輸入糧食，可以說是為了自保。在饑荒之時，手裡握有米糧將是一大優勢。她本來是想藉此對抗政敵。

「結果對方連這都視若無睹。」

想到民生問題雖然讓愛凜有些內疚，但若是被行刺了更沒意義。因此，她決定進入他們茘國的後宮。表面上非但不是流亡外國，反而還能展現出與他國的良好關係。

貓貓偏偏頭。

「妳有什麼疑問嗎？」

「沒有，只是覺得砂歐常常有女子干政。」

在貓貓的國家是無法想像的。後宮內另當別論，但女子們在宮外的官位絕不可能高過男子。就算成為女官，也是將其當成學習成為新娘的一環。

雖說以政治聯姻的工具而論或許的確很重要，但也不至於能像愛凜這樣插嘴。

「妳連這都不知道呀？」

姚兒哼哼笑著，罕見地一副自傲的神情。看來她似乎很高興自己知道貓貓所不知道的事，想解說一番想得不得了。貓貓最近越看這姑娘的性情越覺得可愛。

「砂歐這個國家，是以兩個支柱撐起的。一個是國王，另一個是巫女。」

貓貓有聽過一點關於巫女的事，說是砂歐有巫女，會以占卜的方式干預政事。白天提到的「巫女信仰」就是這件事。

「說得對，姑娘知道得真清楚。」

羅半接在姚兒後頭說道。由於姚兒與燕燕都生得貌美，他看起來有點高興。

「本來政事的最終決定權在國王的手上，但近年來的情勢不同。巫女以往終究只是宗教上的偶像或者象徵，都是由年幼姑娘來當的。」

巫女本來只會在位數年，最久也不過十數年。理由是因為能成為巫女的人，只限初潮未至的年輕姑娘。

「可是，當今巫女已到四十歲了。由於年紀比國王還大，因此本來無權置喙的事情都敢插嘴。不只如此，還增強了女子在政事上的發言力量。」

「原來如此。」

雖然有些部分早已聽說了，但重聽一遍更是恍然大悟。

（年過四十初潮還沒來啊。）

貓貓比較在意的是這點。偶爾會有這種情形，原因有幾種。貓貓不知道她們當事人有何感想，但她感興趣到了殘酷的地步。

「過去沒有過這種例子嗎？」

「這會講到這次的主題，所以就由我來詳細說明吧。」

羅半一邊淺嚐豬耳薄片一邊說道。

「過去似乎是有過幾次同樣的事例。只是，即使該來的東西沒來，過了二十歲還是會傳給下一代。」

無論從政治或象徵意義而論，這麼做應該都比較好。

「那麼現在的巫女，怎麼還會繼續做呢？」

「因為現在的巫女很特別。」

羅半從懷裡拿出一張紙。似乎是一幅美人畫，但髮色畫得較淡。

這跟貓貓以前看過的畫師那幅畫十分相像。美人有著白髮紅眼。

「現在的巫女是白子。孩童要被選為巫女有幾項條件，其中最為尊貴的據說就屬白色的孩子。」

現任者在巫女當中是難得一見的白子。羅半說她無視於慣例，至今仍然在位。

「……」

這下總算弄明白了。

『想知道白色姑娘的真面目嗎？』

美人畫畫家在西方見過一位白美人。那美女說不定就是巫女，就年齡而論也完全吻合。

據說白子是缺少了某種天生該有的色彩生成能力。白色嬰兒有時是偶然出生，有時則是生自血統。無論在茘國還是砂歐，應該都是極為稀有的存在。

「這位巫女目前臥病在床，因而前來我國求醫，但聽說巫女絕不能讓男人碰到，即使對方曾為宦官也一樣。」

「所以才需要醫官的貼身女官？」

「對。畢竟地點特殊，需要長途跋涉，更何況還有可能發展成國交問題。需要的是善於臨機應變的人才。」

難怪這次的選拔方式特別不同，原來是這麼回事。

「難道不怕誰都通不過嗎？」

燕燕說道。

「如果沒有適任人選，我們會請另一人前往。不過那只是最終手段。」

貓貓想了想會是何種人物，無意間想起了一位適合扮男裝的麗人。翠苓的話只要撇開出身背景，或許比任何人都更勝任。只不過她畢竟是受囚之身，上頭一定會覺得能避就避。

「從大人說的話揣度起來，愛凜妃似乎相當關心巫女的病情呢。是因為能夠用來牽制娘娘的那個政敵嗎？」

「大致上來說沒錯。」

講話口吻很曖昧。的確，羅半所言沒有矛盾。雖然沒有，但貓貓總覺得哪裡怪怪的。

謊話要說得好，必須虛中帶實。以羅半來說，他雖然沒有說謊，但似乎也沒說真話。

（是否該趁現在套個話？）

不，姚兒是還好，但一個不小心可能會被燕燕察覺。

貓貓決定暫且保持沉默。

八話　意圖的意圖

到了久違的假日，貓貓才確信那件事果然不單純。她有些掛心煙花巷的狀況，於是溜出宿舍偷偷前往綠青館。

信上是說沒什麼問題，一看似乎也是如此。白日的青樓清靜閒適，小丫頭在打掃玄關，壞小子正在跟貓兒毛毛玩鬧。

「麻子臉！」

趙迂抱著毛毛跑來了。毛毛四腳亂蹬，踢踹趙迂的肚子逃走，繞到了貓貓的背後。看來牠還記得貓貓是誰。貓貓手一撈把毛球抱起，將牠放到圍牆上，毛毛就匆匆跑走了。真是團無情的毛球，最好晚點可以帶點珍貴的生藥來報恩。

「喂，妳怎麼這麼久都不回來啊。」

「沒辦法啊，我要當差。」

趙迂過來抱住貓貓，她不耐煩地抓住趙迂的腦袋把他推開。

（嗯？）

貓貓看了看趙迂，覺得他好像長高了一點。可能是因為每天在外頭玩耍的關係，皮膚也曬得黑了一點。門牙已經長好，不再有之前那種憨態。

「左膳在嗎？」

貓貓問起見習藥師的事。

「在啊，現在跟獨眼小哥在一塊。」

克用似乎也在。

貓貓一邊跟熟識的娼妓稍微打個招呼，一邊走進跟綠青館租下的藥舖，就聽見講話的聲音。

「嗯，重點就在於仔細而均勻地磨細。這是因為拌料的時候如果顆粒粗細不均，做出來的藥丸效用會下降。」

「喔——」

左膳正在用搗藥棒嘎吱嘎吱地磨藥粉，克用有耐心地教他。雖然兩人認真幹活很棒，但兩個大男人擠在狹窄藥舖裡做事，看了就覺得透不過氣。

他們似乎也知道熱，把門窗全部敞開讓室內空氣流通，但這又造成了另一個問題。

（腐透了。）

有幾名娼妓嘻嘻竊笑著看兩個大男人擠在一塊兒說話。克用只要遮起半張臉就是個美男子，左膳則是長得土氣不起眼，但還不算難看。

女子當中有不少人愛好男男戀。由於綠青館並未提供男娼也就是孌童服務，那方面的事對娼妓們而言似乎頗有樂趣。

貓貓邁著大步，走進對那種眼光渾然不覺的兩人之間。

「看來一切都沒問題呢。」

「啊～店裡做得還不錯喔～」

克用照常用傻呼呼的口吻回話。

「才怪，根本就挺吃緊的。」

左膳露出有些怨恨的眼神說道。

「看樣子好像沒什麼問題，那就好。」

「欸，聽我說話啊！」

信上不是寫了沒問題嗎？還是說那是被老鴇逼著寫的？不過問了也只會聽到一堆怨言，所以貓貓不予理會。左膳這人還蠻愛嘮叨的。

貓貓稍微檢查一下藥舖，只看看有沒有多出什麼怪東西，或是什麼東西用完了。

「這是什麼？」

架子上有個東西，不是藥，但從沒看過。看起來像是薄煎餅，又有點像是零嘴，不曉得是不是點心。

「喔，那個啊。那是最近試做的～」

克用拿起一片薄煎餅，把磨碎的藥放在上頭。

「就像這樣脆脆地連藥一起吃下去。或者是加水弄軟了包起來吞下。」

「哦，我還是頭一次看到。」

貓貓由衷表示佩服。都說良藥苦口，但有些人會因為怕難吃而不買藥。貓貓以往會拌入蜂蜜之類的東西讓病患服用，但光是蜂蜜就要不少錢了。如果服藥時能夠不碰到舌頭，就不需要調整藥味。

「可是，這個恐怕不好吞吧？」

「就是啊，不建議給小孩或老人家服用，會噎到的。」

克用搖搖水瓶，就像在說不會忘記準備水。

「可是，聽說這種服藥法在西方還滿常見的喔。我有聽說那裡的人天生唾液比較多。」

「……你知道得真多。」

貓貓兩眼有些發亮。克用看起來傻，醫學知識卻很扎實。

「對了，克用你是在哪兒學得醫術的？總不會是無師自通吧？」

剛才看他教左膳就知道他基礎打得穩。

「哈哈哈。以前領養我的人啊，是西方國家的人啦～有著一頭金髮，鬍鬚與體毛也都很濃密喔～」

「砂歐人嗎？」

「嗯～應該是更西方的人吧～？」

貓貓對這類話題可不會不感興趣。

「你能說那裡的語言嗎？」

「只會一點～」

「你那養父現在人在哪兒？」

如果可以，貓貓很想跟本人見面說話。

「啊～他死了～得了這個～」

克用指著痘瘡疤痕說道。

「這樣啊。」

貓貓感到有些遺憾。醫師患病而死並不稀奇，毋寧說常有此事。因為他們接觸病患的機會比別人多。

「抱歉打擾你們的談興。」

被撇在一邊的左膳戳戳貓貓。

「那邊有人叫妳。」

左膳手指的方向，站著老鴇與羅半。

老鴇一如平素，為貓貓等人準備了密會用的房間。

老鴇這人有趣的地方，就是錢收得越多房間越豪華。今天的點心屬於中上程度。附帶一提，羅半的養父到來時，只會得到一只盛水的破碗。沒像以前那樣被老鴇用掃把打出去就算不錯了。

「聽說妳今日休假就猜妳會在這兒，幸好妳在。」

「才怪，我看你是查過才來的吧。」

羅半處理這類事情總是一絲不苟。

「廢話少說，麻煩你開門見山講重點。我可是很忙的。」

「最好是，妳剛才不是在跟人聊天嗎？」

「因為我一跟你這傢伙說話，就覺得是在浪費時間。」

「什麼叫做你這傢伙？要尊稱我一聲兄長。」

這種對話貓貓已經講膩了，真想請他快說重點。

「你有事找我，還不就是為了醫官貼身女官的事？」

「很高興妳反應這麼快。」

羅半行事謹慎，無論是姚兒還是燕燕一定都是調查過身世，確定她們為人端正清白，但似乎還是不能當著她們的面進入正題。

「關於診斷砂歐巫女病情的事，另外還有一點令我介意。」

「是什麼？」

貓貓偏偏頭。

「就是巫女可能並非巫女，這樣妳懂嗎？」

不解其意。

「別賣關子，知道什麼就說出來。」

貓貓拿起包子掰成兩半。裡頭是甜餡，因此她嘖了一聲只吃一半，剩下放到了羅半的盤子裡。

貓貓不是很喜歡甜食。很遺憾地，老鴇認為羅半的口味比貓貓重要。

「妳不是聽說過成為巫女的條件嗎？就是只限初潮未至的姑娘。」

「是啊。但是，實際上也有女子一輩子都不來。」

雖然很罕見，但不能因此就斷定可疑。

然而……

「假如那個巫女生過孩子呢？」

「……」

貓貓的臉部肌肉抽動了一下。

「這樣前提就完全不成立了。」

「……什麼時候？」

「據說巫女有一段時期身體欠佳，曾經到遠離砂歐都城的地方養病。從大約二十年前起，住了個幾年。正好就在當時，愛凜妃以見習巫女的身分仕宦。」

（見習巫女——）

愛凜想必是為了成為巫女，才會出任官職。這麼一來，假若當今巫女退位，可能就會是她成為巫女。

無意間，貓貓想想畫師是在何時見過白美人的。白色女子可不是到處都有，既然是巫女這般地位崇高之人，一介旅行畫師應該是無緣一見的。

可是，假如是在鄉下養病的話就可以理解。

然後，假設那位巫女在養病期間生了孩子……

「白色巫女有可能生下白色女兒嗎？」

「……我想頂多只比自然巧合的機率來得高。」

假若父親同樣是白子，就幾乎可確定了。縱然沒有個白子父親，也無法完全否定此種可能。

倘若巫女生過孩子，問題就不只一個。

「你是想說那孩子就是白娘娘嗎？」

羅半的微笑甚是詭異。

「坦白講我不知道，但至少能夠理解。白娘娘現在安分地被幽閉著，卻不肯說出是誰命令她那麼做。不過愛凜妃提過是同為使節的姶良所為。」

難怪眾人對白娘娘，都抱持莫名謹慎的態度。

「你是想說愛凜娘娘當時，見過那個嬰兒？」

「或許就是如此，才會像這樣請求我們幫助。」

不知為何，白娘娘在外國挑起了事端。對砂歐而言，白娘娘的存在必定只是個燙手山芋吧。

只是，或許也有某人覺得如此正中下懷。

「我姑且問一下，將愛凜娘娘逐出國外的政敵，不是那個什麼巫女吧？如果是的話，有些地方就說得通了。」

愛凜將那事歸咎於姶良，但也許其實是她自己在操縱白娘娘。假若她是為了陷害她所怨恨的白巫女，而利用白娘娘在世間興風作浪的話……這樣在不久之後，砂歐請求茘國幫助時，巫女就不能從旁干預。

之所以要求貓貓她們調查白娘娘是否為巫女之女，也是因為這足以成為最後的招數。

（也許我想太多了。）

貓貓搖搖頭。可是若非如此，愛凜為何要她們調查那種事呢？

「總而言之，我目前是假設愛凜妃的言行屬實而採取行動。她與巫女似乎並非敵對關係，只是想確認巫女是否有所隱瞞。講得簡單點，或許是打算查明事實後拿來威脅巫女，將她拉攏至自己的陣營。愛凜妃原本就說過姶良之所以派出白娘娘也是為了陷害巫女，只要想成敵人的敵人就是自己的朋友，倒還不是不能理解。」

「別隨口說出這麼狠的話啦。」

話雖如此，為政本來就很難上下一心，三心甚至四心都不稀奇。在政爭上落敗的愛凜或許為了奪回地位會不擇手段。

（可是去年她們來訪時，看起來並不像是那樣。）

兩位女使節身著相同衣裳，簡直就像孿生姊妹。這一年多之間究竟發生了什麼事？

「我看你是因為愛凜娘娘長得美，就對她心軟了吧？」

「說這是什麼話？我可是妳大哥呢。」

貓貓不予理會。才沒那工夫陪他鬥嘴。

為政之人不知道何時會與誰為敵。換言之，愛凜也許是得知茘國逮捕了白娘娘，才會進入後宮。難道她打算等日後成功拉攏了巫女，要重返砂歐？

（搞得真複雜。）

其中還有很多疑點。雖說是為了拉攏巫女，但愛凜畢竟是擅自將白娘娘的祕密告訴了外國人。這對砂歐而言難道不是一大問題嗎？

（雖然其中可能有種種緣由。）

貓貓這種不諳政事的人，有很多事情她不了解。只是她如今知道不能草率將白娘娘處死。目前先理解這點就好。

「如果妳弄不太明白我的意思，那我換個說法好了。」

羅半善解人意地猜出貓貓的心思。

「假若得知巫女之子正是白娘娘，只要她受到我國庇護的一天，我國就能賣巫女一個人情。同時，只要白娘娘還在我們手裡，就能用來牽制趕走愛凜的姶良。」

難怪白娘娘會成為邦交的關鍵。貓貓臉部抽搐。

「我總不能說出這麼多內情吧？」

意思是不能說給姚兒或燕燕聽。

「那也不能把我捲進來啊。」

真恨不得能砸破那副眼鏡。

「妳當時若是沒考中，我可就真的沒輸了。到時就只能請翠貴人幫忙，但是基於立場問題，會惹來很多麻煩。」

翠貴人說的想必就是翠苓了。要派出一個名義上不存在的人，首先得做個假身分。他們應該會把她捏造成隨便一個官員的女兒，可是原本的身分就成了問題。她這人的出身背景也不單純，而且以前還在尚藥局出沒。一度以為已死的她要是死而復生，該有多聳人聽聞啊。

貓貓也曾擔心這次考試會把她安排成什麼身分，而先要求他們將自己當成羅門的養女看待。羅門如今是名正言順的醫官，他的家人當官自然不是問題。

「可是，這回是要我跑砂歐去嗎？就連西都已經那麼舟車勞頓了。」

往返不知道要花上多久時間。

「不，這點無須擔心。」

羅半一邊品嚐貓貓掰開一半的包子一邊說道。

「巫女會來到京城。」

「你說什麼？」

貓貓語帶怒氣地說道。

羅半嚇得被包子噎到，趕緊喝茶嚥下。

「這是怎麼回事？你們讓需要看病的人長途勞頓？」

貓貓太陽穴一跳一跳地說著。

嘴角沾著茶水的羅半舉起手掌，安撫貓貓的情緒。

「這就是政事啊。對砂歐而言，我們荔國的地位可是舉足輕重。在舉行重大典禮之際，自然會想露個臉了。」

「重大典禮？」

「妳不知道嗎？正宮娘娘的人選已經確定，她的龍子將成為東宮。玉葉后的老家，將正式獲賜『別字』。她的娘家在國境附近權勢極重，砂歐也會想跟她套好關係。」

「喔。」

畢竟是東宮的亮相儀式，貓貓有聽說外國也會派使者前來。

（因為至今的東宮都早夭。）

都在舉行典禮之前就死了。

當今東宮雖然也還不滿周歲，不過這方面也許是牽涉到了政事問題。

「雖說是長途旅行，從砂歐可以走大型海路。只要乘著季風，會比走陸路快上許多。」

「就算是這樣……」

貓貓擔心假如巫女在外國發生什麼事故，責任會推到茘國頭上來。迎接外國權貴時總是不免發生這類弊害。對政敵而言，這搞不好正是他們要的。

但是如果事情順利，就能與砂歐之間建立起堅定的關係。

「妳或許不想做，但非做不可。所以我才會像這樣拜託妳。」

「……」

貓貓板著臉，喝了涼掉的茶。

既然已經聽說此事，就再也不能裝傻了。

「順便一提，這主意是壬總管想出來的。」

（那個混帳。）

貓貓差點罵出口，勉強克制住。

壬氏基於立場也顧不得那麼多了。可是貓貓真希望他能設身處地，想想落在她身上的麻煩。

「會給我特別津貼吧？」

「這方面的交涉儘管放心交給我。」

羅半讓眼鏡閃亮一下，拍胸脯作保證。他只有在這種事情上最可靠。

九話　皇后

嬪妃即將成為皇后。雖然玉葉后對外已是正宮，但向旁人清楚展現這一點似乎很重要。開戰時兵力差距越大，傷亡就越少。地位相等的嬪妃於同一時期產下男娃，將會引來一場腥風血雨。玉葉后之所以能夠成為正宮，是因為當時同為上級妃的梨花妃尚未產子。

梨花妃的血統，夠資格成為皇后。然而她之前產下男娃時，之所以沒成為正宮，是有原因的。

（一方面是不知道孩子能否長生，一方面就某種意味而言是血統問題。）

皇上有避免近親通婚的趨向。在先帝時期，近親反覆通婚似乎造成血統羸弱，而讓許多人在同一種時疫下陸續亡故。

梨花妃擁有國母的資格卻沒當上正宮，其實與她的資質無關。

若要再舉出一點的話，就是……

今後考慮到國交問題，皇帝有必要與玉葉后一族打好關係。

無論如何，眼下玉葉后已是一人之下，萬人之上的至貴之人。初次面對她的人必然會緊張畏縮，實際上也的確如此。

「呵呵呵，這點心妳們還喜歡嗎？」

許久不見的鶯聲宛轉之人，為貓貓準備了比較不甜的點心。負責伺候眾人的是一位優秀侍女——表面上是如此，其實正是愛聽八卦、兩眼隱藏不住光彩的櫻花。這個愛照顧人的開朗侍女即使半年多不見，待貓貓卻好像依然如故。很遺憾地，身旁有侍女長紅娘嚴密監視著，所以她不會跟貓貓寒暄，不過監視人也很快就離開了。

（可以吃一個嗎？）

不像貓貓從容不迫，坐在旁邊的姚兒像結冰了似的渾身硬邦邦。燕燕面無表情所以不易看出來，但她頻頻偷瞧姚兒，看得出是在為主子擔心。

漸漸習慣了在後宮為眾嬪妃出診之後，貓貓她們才終於獲准隨同醫官前去為玉葉后看診。

玉葉后想必等這一刻等很久了，畢竟她還特地舉薦貓貓接受醫官貼身女官的考試。而既然貓貓來了，她一定會將這當成少有的娛樂時間。此時這個情況就像是在開茶會。

「請、請問漢醫官人在何處？」

姚兒向櫻花問道。漢醫官就是阿爹，阿爹的正式全名為「漢羅門」。

「回姑娘，醫官現在正在為東宮看診。難得醫官前來，娘娘請他幫鈴麗公主與侍女們也

看看。反正閒著也是閒著，玉葉娘娘想與各位喝喝茶。」

紅娘之所以離開，想必是去監視看診了。

鈴麗公主已長大了不少。以前那個走路東搖西晃的小女娃，如今一看到眾人抵達宮殿，立刻跑出來見客。看來活潑調皮的地方是像玉葉后。可惜她似乎不記得貓貓了，但好像認為來訪的客人全是來陪她玩的，一直跟著她們走。中途被紅娘帶走而不甘心地離開，但搞不好一會兒後又會過來。

（這只是藉口吧。）

坐在貓貓正面的玉葉后兩眼閃閃發亮，看來是想聽有趣消息想得不得了。

（我沒什麼有趣話題耶，就算有也不能說啊。）

貓貓忽然想起還有軍師的話題，但她不想提那個人的事所以免了。

櫻花也不吃虧，坐了下來。

「欸，我好久沒聽到有趣的話題了，有沒有什麼可以講來聽聽？」

（果然要強人所難了！）

假如這樣就能說出一籮筐的趣事，貓貓就不會被人說嘴巴笨了。但很遺憾，她為人沒辦法那樣舌粲蓮花。

然而，一個意想不到的人物舉起手。竟然是燕燕。

「只是不曉得合不合娘娘的喜好。」
「哎呀，真的有故事？」
「是昔日發生過的一件事，不知娘娘有無興趣？」
「哎呀，好期待喲。」
玉葉后興味盎然。燕燕一反平素沉默寡言的性情，口若懸河地開始說起。

很久以前在一個地方，舉辦過一場庖丁的烹調比賽。庖丁除了一份自尊，也賭上了某座大宅的廚房管事寶座。
一位是長年居於當地的庖丁，另一位是來自遠方的年輕流浪庖丁。
主題是主人愛吃的雞蛋菜式與湯圓。主人也很喜歡菇類，因此也準備了高級蕈菇。兩位庖丁都對自己的廚藝很有自信，因此即使主題平凡無奇，也投注心力認真下廚，誰知……
兩人的菜餚本來應該不分軒輊，然而其中年輕的那位庖丁卻沒做好。特別是雞蛋菜式做得奇差無比，實在無法端給大宅主人品嚐。
庖丁只能勉強送上湯圓，然而主人一嚐之後氣急敗壞，竟然說要親手把庖丁打死。

庖丁完全不知道是怎麼回事。食材用的都是大宅事先準備的東西，而且與另一位庖丁用的是同樣的食材。

做出的菜餚，怎麼會出現差異呢？

（與其說是有趣的故事……）

聽在貓貓耳裡像是個謎題。看燕燕的神態就知道她在試探某人。

「姑娘知道烹調為何會失敗嗎？」

她瞄一眼貓貓。貓貓對這種事情的發展方式頗有印象。

「不就是做菜做壞了嗎？」

櫻花插嘴道。看來她就跟貓貓在翡翠宮的時候一樣，待人從來不分彼此。

「妳說過那庖丁還年輕嘛。」

「是，但那人是一流的庖丁，所以主人才會遠從外地把庖丁請來。」

燕燕補充說道。主人姚兒靜靜地坐著，神情靜穆地看著茶水蕩漾。

（烹調失敗，做出了奇差無比的菜。）

既然湯圓也是一吃就知道難吃，會不會是糟糕到錯把鹽當成了砂糖？

（味覺障礙？）

恐怕也不是。能夠想到的可能性是，湯圓原本就帶有某種不同的味道。

「我有幾個問題。」

貓貓舉起手。

「姑娘請說。」

「庖丁用了什麼水做菜？」

「既然說是水，不就是普通的水嗎？總不會是用了海水吧？」

櫻花偏偏頭。燕燕代替貓貓搖頭。

「並非海水。不過，純水在當地很珍貴，所以除了飲用水之外常常混入了鹽分。當地水質本身較硬且生產岩鹽，因此水裡經常帶有鹽分。」

「換言之，在煮湯圓時，來自外地而不熟悉當地水質的庖丁不知那是鹽水就用了？」

聽了貓貓的回答，燕燕緩緩點頭了。櫻花也一副恍然大悟的模樣拍拍手。這位偶爾會下廚的侍女似乎明白了那位庖丁犯下了何種失誤。

玉葉后見狀偏偏頭。

「我想問一下，用鹽水不能煮湯圓嗎？」

貓貓回答玉葉后的問題：

「湯圓在一煮透之後就得撈起。而湯圓在煮透時會自己浮上水面。」

可是假如水裡有鹽，情況就不同了。水裡加鹽會改變水的重量。用變重的熱水煮湯圓的話，湯圓還沒煮透就會浮起。因為水與鹽水相比是鹽水比較重。

「換句話說，那湯圓是半生半熟？」

「正是。」

燕燕也默默點頭，看來這應該就是正確答案了。

「可是，那雞蛋菜式呢？那就不是鹽水造成的吧？」

櫻花又偏偏頭。

「只要知道庖丁做了什麼雞蛋菜式，大宅又準備了何種食材，答案自然呼之欲出。」

「那麼姑娘猜庖丁做了什麼，又用了什麼當材料？」

貓貓回答燕燕所言：

「我想是蒸蛋加了灰樹花（舞菇）。」

灰樹花在某些地方是高級食材。貓貓一聽到菇類就想到了這個。

「灰樹花好吃在它的爽脆，庖丁必定是為了保留此種口感而沒有徹底加熱，直接蒸熟。生的灰樹花能讓肉質變軟，所以雞蛋也沒凝固。」

「原來是這樣！」

櫻花因為聽到有趣的事而兩眼發亮。

「答對了。」

燕燕微微挑動一下眉毛說道。雖然面無表情，但似乎因為貓貓對答如流而覺得沒意思。

燕燕從剛才到現在都很健談，相較之下姚兒卻很安靜。她顯得有些害羞，始終低著頭。

「那麼，那位庖丁後來怎麼樣了？」

「娘娘請放心，庖丁受到了另外一位人士相助。雖然沒能當上大宅的庖丁，但後來去伺候另一戶人家了。有位小姐好心地說希望能嚐嚐成功凝固的蒸蛋。幸運的是，那位小姐的家人與大宅的主人認識。」

「那真是太好了。」

玉葉后快活地笑著。

「是。那個年輕庖丁正好有個年幼的妹妹，兩人因此得以免於流落街頭。」

燕燕揚起了嘴角。

（原來她也會笑啊。）

溫柔的笑容隱隱約約地，彷彿是朝向神情羞赧的姚兒。

（是這麼回事啊。）

貓貓彷彿知道燕燕為何要說起這個話題了。

不過貓貓保持沉默佯裝不知，算是她的一點善意。

對玉葉后而言是和樂融融，對姚兒她們而言卻是心情緊張的時間過去了。

燕燕講完那件事後，眾人東拉西扯地閒話家常了一會兒，阿爹他們就回來了。先是聽到高亢的尖叫歡笑聲，接著就看到紅娘抱著東宮而來，身旁跟著鈴麗公主。

「東宮非常健康。」

「那真是太好了。」

聽了阿爹的報告，玉葉后露出由衷安心的神情。娃兒似乎已經開始長乳牙，張開嘴巴可以看見小小的白齒。

「關於斷奶膳食有幾點需要留意。」

阿爹當著紅娘與皇后的面做說明。人類視體質而定，有分身體能接受與不能接受的物質。嬰兒不能餵食蜂蜜，吃魚或麥子也可能使身體起疹子。

「餵東宮嘗試新的食物時，必須少量，且一次只限一種。」

因為一次餵嬰兒多種新食材時，假如身體出現某種異狀，就不知道哪一個是原因了。

（這是因為他是太子。）

庶民尤其是住在貧民窟的窮人連吃的都沒有，根本沒多餘精神去管那種事。

姚兒與燕燕專心聆聽阿爹說的話。連庸醫也跟著在做筆記。

「東宮能夠出席此番的亮相儀式嗎？」

玉葉后擔憂地問道。

據說外國也會派使者前來參加亮相儀式，場面將會相當盛大。

「恕微臣直言，建議還是別讓東宮在不習慣的場所待太久時辰。不習慣的環境會讓孩童疲倦。」

嬰兒可能會在必須保持安靜的時候哭鬧，而且也得換尿布。有時不免也會肚子餓。

大約在兩年前，她們曾經帶著鈴麗公主參加遊園會，但那時也是費了一番工夫。她們還特別注意不讓公主著涼，在搖籃裡放了懷爐取暖以免公主染上風寒。

此番外出，必定得待上更長的時辰。

「我會盡量奏請皇上，請求縮短時辰。」

「有勞了。」

貓貓很能體諒皇后謹慎的態度。皇帝的孩子有鈴麗公主、東宮以及梨花妃的男娃。梨花妃的男娃，也同樣握有皇位繼承權。

貓貓不認為梨花妃會做出狠毒的事，但人們總是會在本人不知道的情況下受到權力所擺

弄。誰也無法斷定不會有人在梨花妃不知情的狀況下，試圖加害於東宮。

過去曾經有位宮女，為了敬愛的嬪妃而試圖毒殺另一位嬪妃。她瞞著主人暗中行動，最後以失敗告終。

假如有人想讓梨花妃成為國母，當今的東宮必定是眼中釘。那些人會想除之而後快吧。

可以說身邊處處是危險。

（說到危險……）

最近都沒見到壬氏，不曉得他怎樣了。

（他好歹也是有皇位繼承權的。）

次序排在東宮與梨花妃之子的後頭。本來是不會這麼快就將一個嬰孩立為東宮，而是還得觀察一段時日，但壬氏對儲君地位絲毫不感興趣。豈止如此，他甚至還為東宮的誕生高興，透露出希望能降為人臣的意願。

可是，這並非壬氏一人能夠決定的事。

（不知事情會如何發展。）

貓貓一邊看著東宮楓葉般的小手一邊心想。

「啊——似乎該要結束了呢。你們下次何時過來？」

玉葉后一副還沒聊夠的樣子，紅娘默默站在她身邊。

一行人正打算離開皇后的宮殿，就聽見後方傳來啪噠啪噠的吵雜腳步聲。

「這成何體統？」

紅娘規勸的對象是櫻花。她現在是當著醫官們的面所以只是好言相勸，但貓貓知道等會櫻花就要挨揍了。

「姑娘似乎忘了東西，可以請姑娘過來拿嗎？」

說完，櫻花拉住貓貓的手腕。櫻花的臉上露出賊笑。

等來到眾人都看不見的地方，櫻花才放開貓貓的手。

「小女子忘了什麼嗎？」

「討厭啦，那只是藉口。若說真忘了什麼，那就是這個嘍。」

櫻花若無其事地說著，把一件東西放到了貓貓的掌心裡。放在她手裡的，是一支鑲有翡翠珠的簪子。翡翠是玉葉后的象徵，貓貓以前在翡翠宮當侍女時獲賜過一條首飾。

「這是為了慶祝玉葉娘娘當上皇后，咱們這兒的侍女獲賜的。每個人都有一支一樣的，我也有。」

「小女子是外人啊。」

「我們以為妳會留下來做侍女，所以多做了一支。玉葉娘娘說剩下來也可惜，要我拿給妳。」

人家都說成這樣了，不收反而失禮。只是，貓貓知道收下簪子有其特別的意義。

「玉葉娘娘是希望妳能再回來當差。只要妳有那個意願，隨時都可以回來喲。」

櫻花說道。

（很難。）

這是求之不得的好差事，推辭掉實在可惜。假若能在玉葉后的身側效力，每天一定能過得很開心，但是……

（我擔待不起。）

不是身分的問題，是以貓貓的性子而言難免會感覺受到壓抑。

「對了對了，只給妳這個會讓人懷疑的，所以這也給妳。」

櫻花把三個紙包交給貓貓。紙包散發微微酥香。

「記得給另外兩人一份喔。雖然貓貓可能比較喜歡吃鹹的就是了。」

還不忘給一份適當的伴手禮，真是面面俱到。貓貓收下三包點心後，就往眾人等待的玄關走去。

十話　暗中行事

潮溼的空氣讓人很不舒服，頭髮都黏到了脖子上。壬氏坐到椅子上，看到堆積如山的文牘實在很想逃走。

在炎熱多雨的季節處理公事文書最是讓人憂鬱。壬氏一邊撥開後頸的頭髮，一邊坐到書房的椅子上，掀開文牘。可能是有人用汗溼的手摸過，文字暈開了。壬氏大嘆一口氣，拿起放在桌角的茶碗。裡面裝了冷泡茶。

「……」

壬氏晃了晃茶碗。這碗茶不知不覺間就放在這兒了，似乎是他方才去解手時有人放在這裡的。

「這茶是誰放在這的？」

壬氏向待在同一間書房裡的文官男子問道。高順回去當皇上的貼身侍衛，已經不在了。這是因為馬閃傷勢已癒，即將復職的關係。為了填補兩者之間的空缺，壬氏借了一名擅長文書整理的人來。

「回殿下，是方才殿下離席之際，一名女官端來的。」

壬氏也是人，自然也會想要小解。但沒想到才離開一時半刻就被對方趁虛而入，而且還是個「女官」端進來的。

書房門口隨時有侍衛把守，但對方可能是看準了侍衛隨壬氏離開的時機。

壬氏的書房基本上是不讓「女官」進入的。這是因為在宦官時期，壬氏曾經碰上眾女官為了誰要端茶給他而大打出手的場面。除此之外，有時是茶點裡混入了頭髮或指甲下咒，有時是趁他偶然獨處時冷不防寬衣解帶投懷送抱，麻煩事不斷。

看來補空的文官儘管擅長文書差事，卻對壬氏的內情不甚清楚。

壬氏打開桌子的抽屜，拿出裡頭的布包；一支銀匙子用布仔仔細細地包著。他用布包住匙子拿著，攪拌茶水。

原本銀亮的匙子迅速變得色澤暗沉。

壬氏慶幸這次的毒物屬於一測就知的種類。

文官臉色鐵青地看著這一切。壬氏之所以故意做給他看，是為了刺探虛實。看來文官好歹還知道銀匙色澤變暗代表什麼意思。

看樣子是真的不知情。

壬氏拿著匙子，交給房門口的侍衛。侍衛表情不變，用布包起匙子收進了懷裡。再過不久輪值人員就會過來，想必是要交給對方吧。
「來者是個什麼樣的女官？」
壬氏向文官詢問道。
「這、這個……」
文官支支吾吾，提供了「年輕」、「個頭不是很高」等派不上太大用場的線索。畢竟是個做事認真的文官，想必是全心忙於文書差事，沒正眼多瞧女官一眼吧。附帶一提，文官桌上也放了一碗茶，喝掉了大約一半。
壬氏不得已，再拿出一支匙子攪拌茶水。匙子沒對這碗茶起反應。
「沒事。」
文官神色略顯安心，但立刻露出自覺不恰當的愧疚神情。
壬氏無意對這挑毛病。文官只需要順暢無礙地把文書整理好即可。這名文官不但做事能力可圈可點，還有一項長處是不會以不正經的眼光看壬氏。壬氏只要他在補空的期間能克盡己職就滿意了。
「無妨，繼續做你的事。」
壬氏把毒茶放到桌邊，繼續處理公文。
文官雖然臉色蒼白，但還是回到了座位上。

壬氏趁著文官不注意大嘆一口氣，然後繼續整理公文。

一天接著一天都不得清靜。自從不再佯裝宦官以來不知過了幾個月。由於公出的機會增加，使得公務也頓時繁重起來，逼得他天天削減睡眠時辰。即使如此，之前每十天好歹還有一天能上街散心，但這陣子也沒了。

壬氏辦完公務，坐在自己房裡的羅漢床上。晚膳與洗浴皆已用畢，再來只剩上床就寢，但白天的那件事讓他感到無法立刻入睡。

「壬總管，要不要吃點水果？」

貼心的侍女水蓮端了梨子來。

「吃。」

也許語氣有點太幼稚了，不過水蓮是從他還在吃奶時就認識的奶娘。房裡沒其他人，水蓮會縱容他的。

壬氏將插著竹籤的梨子放進嘴裡，清脆多汁的口感與甜味在口中擴散，果汁滋潤了喉嚨。他本來還想來杯酒，看來今夜有梨子就夠了。

「真是辛苦小殿下了。看您最近就連假日都沒上街，鎮日忙於公務。」

「沒辦法，誰教事情做不完。考慮到今後的問題，孤得多找個副手才行。」

「還有**侍女**也是。」

水蓮強調地說道。這位已初入老境的奶娘，每年都在喊著關節疼。壬氏很想多找個新侍女，只是礙於本身的問題而很難增加人手。

「唉——要是貓貓能回來就好嘍。」

壬氏雖覺得可行，但仍搖搖頭。毋寧說他巴不得能如此，但短期間內恐怕還行不通。

「她啊，就怕孤再逼她做牛做馬。」

「這是沒奈何的呀，找些不會做事的姑娘留在身邊又能怎樣？」

水蓮用溫柔的嗓音說出嚴苛的話來。大家都說這位老婦很寵壬氏，對侍女們卻是嚴厲如惡鬼。

「話雖如此，現在的差事量對我這老太婆來說太多太重了。」

水蓮故意捶肩膀給他看。

「唉——若是壬總管能早日娶個嬪妃，我也能輕鬆一點了。」

壬氏只能苦笑。

「孤若是隨便娶個嬪妃，怕是反而增加妳的差事吧？」

「哪來的話，這樣要請侍女也容易得多。那些姑娘是想搶嬪妃的位子，才會拚了命地想占有小殿下。當然，我也不認為這樣就能趕跑所有人，但人數總是能減少一些。」

把人講得跟害蟲似的。

講到嬪妃，壬氏只會想到一個人選。壬氏知道這對她來說只是平添麻煩。若是個養在深閨的千金小姐還另當別論，對於能夠獨立求活的人而言，壬氏嬪妃的立場肯定只會讓人喘不過氣。

「小殿下。」

水蓮可能是看出了壬氏表情中的陰霾，語氣落寞地對他說話。

「在伺候小殿下之前，我有幸伺候過聖上。雖然不到小殿下這般迷倒眾生，但聖上那時可也是個萬人迷呢。」

「可想而知。」

「是呀，第一位嬪妃阿多娘娘吃足了苦頭。我知道她也受過許多欺侮。」

壬氏想起那如今已是隱居之身的男裝麗人。從她現在逍遙自在的模樣實在很難想像。

「情況實在太糟，我本來還想過出手幫助，但一回神才發現全都臣服於娘娘了。」

「……」

阿多果然是阿多。

「起初聖上希望能迎娶身為同乳姊姊的阿多娘娘時，我還以為聖上在說笑呢。因為兩位貴人無論到了幾歲，都像是互相追逐玩鬧的竹馬之友。」

這事壬氏曾有耳聞，說是阿多若生為男子，將能成為皇上的左右手。

「這麼說對玉葉后過意不去，但聖上其實很懊悔，說他真正希望能攜手共度的人，已經不是能常伴左右的立場。」

「妳想說什麼？」

「沒什麼，不過是老嬤子的戲言罷了。只願小殿下能選擇一條無悔的道路。」

如此說完，水蓮就把只剩一塊梨子的盤子收了下去。

「無悔的道路，是吧。」

真是困難的要求。壬氏喃喃自語。

十一話 慶典將至

時值盛夏，京城處處洋溢著喜慶氣氛。來自異邦的人群，有助於招財利市。結果戲娛活動自然增加，就漸漸形成了慶典。

貓貓並不討厭慶典，說來說去總是能夠活絡周遭的氣氛。而這在宮廷內也出現了明顯的效果。

說到如何出現……

「此乃積勞成疾。」

板著一張臉的醫官，只給臉色慘白的文官這一句話。文官眼睛底下有黑眼圈，兩眼空洞無神。

「睡眠必須充足，否則是真的會要人命。」

睡眠很重要。常常有人大言不慚地說一、兩天不睡死不了人，等到上了年紀之後才突然暴斃。有一段時期，壬氏也缺乏睡眠到了危險的地步。每當壬氏來到煙花巷，貓貓都會想法子讓他睡覺。

在京城開店需要得到官吏的許可。雖然也有些地方會擅自擺攤，但若是想認真開家大店，出於納稅問題，這道手續不可少。一旦被抓到別說罰金，還有可能被關進大牢。

每當吉慶將至都會引來人潮聚集。異邦人會前來參加盛會，使得貿易品比平時流通得更多，也有不少人會趁此機會在京城定居。

多虧於此，讓文官必須沒日沒夜地忙於整理公文。

武官也很忙。多虧於此，貓貓很慶幸最近怪人軍師比較少來。或許更正確來說是因為他引發了食物中毒騷動，迫使下屬們對他布下了包圍網。

進京人潮一多，治安也會變壞。維護治安正是武官的職責。遺憾的是比起文官，武官只需把練武時間拿來當差即可，而且腦袋裝肌肉所以沒人累倒。

只是，傷患倒是增加了。

「好痛！就不能再輕點嗎！」

姚兒在替武官的手臂塗藥。傷口是金創，留下了約莫三寸的血痕。

（不就是破皮嘛。）

似乎是有個商人擅自擺攤，還賣起可疑的藥品。武官要取締，對方卻惱羞成怒地亮出了刀子。

「請見諒。」

姚兒語氣如常地回答，嘴唇卻微微噘起。與其說是在生氣，看起來比較像是忍著不哭。

燕燕悄悄去幫主子的忙。她端出一碗冰涼的茶說是鎮痛劑，但貓貓記得那應該只是普通的冷泡番茶。

醫官還不常將傷患交給女官醫治，但好像很欣賞燕燕的這種細心之舉。傷患對尚藥局的怨言似乎因此減少了一些。

至於講到貓貓在做什麼……

她正在嘎吱嘎吱地磨藥。醫官認為她能做些簡單的藥膏，就交給她了。只要克制住想做些特殊藥品的欲望，這差事還不壞。貓貓不適合招呼傷患，長得又沒另外兩位漂亮，這樣安排最恰當。

「貓貓，把藥膏拿給我。」

自從烘焙點心那件事之後，燕燕對貓貓的說話方式親暱多了。只是，每當看到燕燕表現出此種態度，姚兒都會稍微嘟起嘴巴。有時候貓貓會懷疑燕燕是想看主子稚氣未脫的反應才會這麼做。

「藥膏是吧。」

貓貓正想把藥膏拿給燕燕時，偷看了一眼傷患，就是剛才大聲嚷嚷的武官。又不是多嚴重的傷，卻鬼吼鬼叫。

「……」

貓貓悄悄拿出藏在懷裡的藥膏，跟本來要給燕燕的藥膏掉包。

（這樣正好。）

貓貓是認為既然那麼有精神，當成新藥膏的實驗對象也不會有問題……

「喂，妳在做什麼？」

有人從背後呼喚貓貓，把她嚇了一跳。回頭一看，老醫官瞇著眼睛看著她。

「妳方才是不是把藥掉包了？」

「小女子不懂醫官的意思。」

貓貓裝蒜，要拿給燕燕的藥卻被搶了去。醫官瞇著眼睛，用指尖檢查藥膏。

「喂，我看這裡頭摻了別種材料吧？」

「小女子什麼都不知道。」

貓貓再度裝蒜，結果腦袋挨了一拳。

「羅門有叫我管妳管嚴一點。」

對方是阿爹的舊識，貓貓很難偷雞摸狗。這位醫官就是之前懷疑她走後門的那一位，尚藥局裡最嚴厲的人就屬他了。

「加了什麼？」

「……青蛙少許。」

貓貓聽聞蛙油可增進藥膏效用所以試了一下。但實際上從青蛙身上取不到多少油脂，好不容易才做出現在手上這一份。

「只因小女子聽說在異邦會以蛙油入藥。」

「話說在前頭，我可沒聽過這種事。」

正是，貓貓也沒聽過。她只是覺得或許會有某種效用所以試了一試。她仔細挑選了無毒的蛙類，還以自己的身體試過，確定過沒有異狀才試。貓貓還沒狠毒到會拿人嘗試不知有無毒性的藥。

「總之這我沒收了。」

「啊啊！」

被沒收了。枉費她趁假日到田裡去捉了半天青蛙。

「妳這姑娘，居然用青蛙……」

姚兒臉色鐵青地看著，表情在訴說著：「真不敢相信。」

「居然把那種東西加在藥裡，我看妳是瘋了！」

貓貓掏著一邊耳朵，把姚兒的話當耳邊風。大概是態度實在不可取，燕燕用手肘頂了她一下。

「我想姚兒姑娘可能跟那些東西沒緣分，但對庶民而言可是常見的食材呢。」

姚兒再次露出不敢置信的表情。她看向燕燕尋求意見。

「是，庶民平常會吃青蛙。偶爾還會有人把蛇肉片偽稱為魚肉拿去賣。」

聽到「蛇」這個字，姚兒臉色鐵青。

「請小姐放心，奴婢不會把蛇端上飯桌的。」

「小女子也敢吃蛇。」

雖然細骨頭有點多，吃起來麻煩，但只要酥炸了就不妨事。嫌腥的話用香草或蔥蒜什麼的蓋過就是了。

正巧貓貓帶了蛇肉乾來，當墊肚子的點心。她從隨身物品中拿出蛇肉，問姚兒要不要吃；她不支地靠到牆上，虛軟地拒絕了。

貓貓只好把蛇肉收回隨身物品裡。

「喂，妳們幾個，不許偷懶！」

被醫官一罵，貓貓她們便不再閒聊，繼續幹活了。

貓貓等人的午飯，都是在食堂裡吃。這裡不但有飯吃還能添飯，不過想吃其他菜餚的人，會自己帶飯或點心來。

官員與女官吃飯的地方是分開的。姚兒平素不愛理睬貓貓，但只有這時候會稍微坐得離她近一點。理由是因為周圍的氣氛。

不管在後宮還是煙花巷，女子都只會暴露本性給女子看。在沒了男子眼光的食堂一隅，鄙賤下流的話題此起彼落。

「我說啊，武官實在是不行呢。忙歸忙，薪餉卻不怎麼樣。食量又大，飯錢可是嚇死人了，而且連頓好吃的都不肯請。」

「天啊，太可惡了。可是，文官也不是什麼都好吧。上次有個文官約我是很好，但根本是個閒官。真的，就是把發霉的文牘整理整理而已，一看就覺得沒前途。簪子也不是隨便送一支就行了好嗎？都過時了，真討厭。」

「有送就不錯了，反正還不就是拿去典當？」

女官有很多都是良家子女，但並非所有人的性情都像家世一樣好。

看在出身名門的大家閨秀眼裡，這種現實似乎令她難以接受。貓貓一坐到食堂的角落，姚兒就會悄悄跟來。

理由是因為有貓貓在，那種人……尤其是敵視醫佐此一新衙署女官的那些人都不會靠過來。

（也不過就是提醒了她們一下罷了。）

結果搞得她們都不接近貓貓了。讓貓貓想起在水晶宮那時的情形。

事情是這樣的，當時有個女官找上門來，要給她們這些乳臭未乾的醫佐一個下馬威。那人帶著一群跟班，給人的感覺就像一開始的姚兒。不同的是那些姑娘不像是為職責而活，倒像是為了貪逐男色才來到宮廷的。她們給人一種「我們成天換官人」的感覺，屬於反而把這種淫亂放蕩引以為傲的類型。

貓貓發現那個女官的嘴巴四周起了疹子。

「恕小女子冒昧，姑娘似乎不只有一位如意郎君，但您對疾病問題是否有所了解？」

她如此做確認。

「我才不會跟有病的男人來往呢！」

對方矢口否認，但貓貓告訴她關於花柳病潛伏期的知識。還有，即使對方沒有患病，只要對方的其他對象患病，就很有可能傳染病源。不見得只有自己擁有好幾個對象。

此外貓貓還向她說明，花柳病傳染起來一次不是一種，而是好幾種一起傳染。

「最近姑娘可曾感覺過身體沉重？還有陰部可曾出現潰爛、腫塊，或者是出血？」

貓貓問診到後來，女官臉色鐵青著不見人影了。也許自己不該把她當成娼妓一樣看待。只是若不及早求醫，最後甚至可能讓鼻子腐爛脫落。

貓貓其實頗認真看待此事，但姚兒卻聽得滿臉通紅。燕燕似乎不具備性傳染疫病的知識，在做筆記。

話說回來，今天的膳食是粥品、羹湯配上一道菜餚。菜餚有幾種，雖然可以選喜歡的吃，但來得晚了就會被搶光而沒得選。

雖然說過膳食的份量少，但平常本來都是早晚兩頓。這裡的中午時段是以飯代替點心。菜餚貓貓拿了蒸雞涼菜。肉類菜餚很受歡迎，不早點來就沒了。兩人也拿了一樣的菜。

「我可不是在學妳喔。」

（嗯，我沒這麼說。）

換個觀點就會覺得這種反應很可愛。自從貓貓開始換個角度看姚兒，就漸漸對這名女官抱持起好感來了。比起愛來八面玲瓏那一套、摸不透心思的人，姚兒要容易相處得多了。

看看其他菜色，還有魚肉與醋漬菜餚。魚片換個方式看會有點像蛇，她大概就是因為這樣才避開了魚肉。

這麼一來，性情彆扭的貓貓就會想來點惡作劇。

平素的貓貓在食堂角落找好位子後只會默默吃飯，但今天不同。

「對了，說到來自外國的大人物……」

最近的話題都在聊這個。

「聽說蛇或蜥蜴在沙漠是珍貴的滋養食物，那兒的人也會吃。」

去過西方就會知道，當地的飲食文化與這兒不同。貓貓之前被帶去西都時深有體悟，雖然沒能遊覽到什麼地方，但她發現攤販賣了不少古怪食物。還記得怕蟲子或蛇的翠苓縮成一團，真令人懷念。

「貓貓。」

燕燕用略帶責難的眼神說道。姚兒手拿著調羹不動。

「……我沒胃口了。」

姚兒輕輕放下調羹。看來是惡作劇玩過頭了。

「姚兒小姐，飯還是得好好吃才行。」

「點心的話就吃得下。」

姚兒微微繃著臉對燕燕說道。燕燕一副傷腦筋的表情，拿出了一只布包。裡面是竹筒製的水壺。姚兒正值胃口好的年紀，食堂的膳食不夠她吃，每次都會帶點心來。

「吃過飯後就可以吃。」

燕燕瞄一眼姚兒。姚兒歪臉掙扎了半天，這才開始喝粥。

（真會應付主子。）

至於竹筒裡裝了什麼，只見燕燕拿出碗來，把裡頭的東西倒進去。一股甜香與半透明的彈嫩物體從竹筒流出。

「這是……」

不愧是富貴人家。這是高級點心，是最適合夏日食用的涼點心。食之可滋補強身、養顏護膚，玉葉后的消夜裡偶爾也有這一道。

「這是姚兒小姐最愛吃的。」

燕燕悄悄以食指抵住嘴唇。之所以這麼做，必定是認為貓貓知道這涼點心其實是什麼。

（看她一副保護過度的樣子……）

想不到所作所為這麼殘酷。這或許也是為了讓姚兒能成長得豐潤美麗吧。

「啊——雖然有點不夠涼，但真好吃。」

姚兒吃著口感彈嫩的點心，一副銷魂的模樣。

此種點心名為「雪蛤」。

為了姚兒好，材料是蛙類生殖器的這件事就別說出來了。

十二話　異國姑娘

「變得比之前熱鬧真多哪。」

阿爹羅門講話穩重大方。今日他脫下了白色醫官服。雖穿著男用衣服，但那圓圓的輪廓與溫和的相貌使他看起來像個老婦。阿爹拄著拐杖，慢慢走在大街上。

「小心別摔跤了。」

貓貓一邊環視四周，一邊走在阿爹身邊。走空曠的道路沒有問題，但這條路行人多，又因為吉慶的熱鬧氣氛而增加了人潮。少了一邊膝蓋骨頭的老人只要撞到人就會摔倒。

「沒事。」

「是是是，您乖一點。」

平素的貓貓講話會更粗魯，但今日有別人在所以控制了一點。姚兒與燕燕，還有常常責罵貓貓的老醫官都跟在身旁。另外還有一位武官，不過是護衛。

他們之所以離開宮廷，是為了要採買東西。前次只有姚兒同行，今日則是三人一塊跟來。一則是因為東西沒那麼多，一則是尚藥局忙，老醫官不太想讓其他醫官外出。

前次醫官不在，大家亂成了一團。

另外還可舉出一點，是因為採買的藥商是異邦人。之所以由阿爹來採買，是因為醫官當中就屬他外國語言最厲害。另一位醫官、貓貓與燕燕也多少懂一點。至於姚兒大概是反正有這機會，就順便跟來了。

「乘馬車不是更省事？」

「街上人這麼多，要是乘馬車豈不是會妨礙到大家？」

阿爹說得快活，但是讓一位腿腳不方便的人走路總讓人過意不去。

不過貓貓倒是非常高興。不但能跟阿爹在一起，還可以瞧瞧珍貴的藥品。她興奮雀躍，然而……

「妳可別擅自胡鬧喔。」

醫官——惡醫官盯著貓貓瞧。貓貓原本就覺得這位醫官在監視她，自從上次添加青蛙成分的藥膏被抓到後變得更是嚴厲了。附帶一提，貓貓最近總算記住他的名字了，叫劉醫官。

「勞您費心了。」

阿爹也不否認，對劉醫官低頭致意。

即使是貓貓，到了其他地方也會懂得收斂一點。

姚兒比起之前，對阿爹似乎尊敬多了。至於燕燕還是一如往常地照顧姚兒，不過最近貓貓發現，這姑娘的性情還真是夠刁滑的。

（姚兒一定是個大閨女。）

姚兒雖然裝出一副無動於衷的神情，但目光不時會飄向店家。看起來除了是不習慣人群，也像是心癢難耐。燕燕看到主子這樣，面無表情的臉上似乎暗藏了某種難以言喻的感情。該怎麼說呢？就像發現一隻小松鼠，從遠處以目光賞玩那樣。

姚兒再次被帶來採買，也許是人家認為一次不夠讓她習慣。

（算是適材適用嗎？）

雖然燕燕把姚兒顧得很好……

（但我看她有點樂在其中吧？）

貓貓不禁作如此想。雖說也許比照顧得不情不願要好多了。

姚兒眼睛閃閃發亮地邊看糖雕邊走，不久一行人就到了目的地。這是一間上流階層經常出入的館子。上回那家店也是，這種專門伺候大富大貴之人的店都會準備密談用的房間。

（有獨房還是比較方便。）

說是藥品，但異國商品都很貴。要是敢隨便在大街上做生意，回程常常會遇上強盜。因此才會請護衛跟著。

由於是大白天，店裡也有不少女客。白天店裡販賣的似乎多為份量較輕的點心，剛蒸好的包子令人垂涎三尺。

「裡面請。」

一行人在店小二的帶領下，前往獨房。

獨房裡有一位髮色明亮的異邦人。此人體毛豐茂，臉部只在鼻子底下留了把鬍子。

貓貓她們正想跟隨阿爹以及醫官進房間，但異邦人舉起手來。

「……」

距離有點遠，貓貓聽不清楚。只是，阿爹一邊搖頭，一邊看了看貓貓她們。

「對方說只准三人進房。」

「咦……」

既然說三人，被屏除在外的自然是貓貓她們了。兩位醫官不可缺席，護衛為了以防萬一最好也留下。

「說明白點，對方的意思是不准帶女子進去。早知道跟這人買藥時就不帶妳們來了。」

被劉醫官這麼說，貓貓垂頭喪氣。難道要她們在走廊上苦等？

「妳這丫頭應該很會買東西吧。讓妳出去採買別的東西如何？」

劉醫官輕輕將紙條與錢塞進貓貓手裡。紙條上寫著留守的醫官們愛吃的糕點。整張紙寫得滿滿的，錢也給得不少。

「剩下的錢可以買妳們喜歡的東西，就買個糖雕吧。一個時辰之後再回來就好。」

「……是。」

這位醫官平日總愛生氣，原來也不會忘記給糖。看來他有注意到姚兒對攤販很感興趣。

「我說妳呀，總該知道錢要如何使用吧？」

可能是看跑腿錢給了貓貓，姚兒心有不滿，所以來找碴了。

（她知道她在說什麼嗎？）

換言之這位千金大小姐等於是承認自己以前不會用錢。也許是最近才學會的吧，看起來有些得意洋洋的。

（該不會帶姚兒出來，其實也是想讓她學會買東西？）

貓貓忍不住這麼想。

在姚兒的背後，燕燕兩眼炯炯有神。眼神在說：「我家小姐很可愛吧？」

錢與紙條拿在貓貓手上會被姚兒唸，但交給姚兒又有點不放心，不得已只好交給燕燕。姚兒顯得有些不服氣，但似乎不至於連荷包交給燕燕管都反對。

「先買甜饅頭好了。」

由於錢已經給了燕燕，自然就由燕燕來決定順序。貓貓湊過來看紙條，看到指定的店名後歪扭起一張臉。

「怎麼了嗎？」

「這家店，每次到中午就賣完了。」

貓貓迅速舉手，指向店家的方向。

「姚兒小姐，事情就是這樣了。」

不愧是燕燕，狀況判斷得很快。

「咦？咦？」

貓貓拉起不明就裡的姚兒的手，燕燕也是。結果變成三個人手牽手。

「要是賣完了，會有損我們的考評。」

貓貓一說，姚兒的身體震動了一下。

「咱們快去吧。」

三人以最快速度衝向饅頭舖。

還說什麼在大街上閒逛，想得真是太天真了。貓貓、姚兒與燕燕在柳樹的樹蔭下大口喘著氣。

「醫官的薪俸還真豐厚呢——」

貓貓看著一包一包成堆的糕點說道。講話口氣帶有幾分嘲諷。

「很多都是新鮮點心，他們吃得完嗎？」

三人連跑了幾家店，手邊有著大量的糕點。老醫官說過剩下的當賞錢，但天曉得會不會有剩。

「……」

姚兒不習慣跑步，好像累得連聲音都發不出來了。燕燕體貼地向攤販買了果子露來給她喝。

買來的糕點全都是知名店家的貨色，也有很多是綠青館會採買的點心。之所以把錢交給貓貓，想必也是明白她知道的店比較多。

「我想買這麼多應該夠了。」

燕燕瞇起眼睛看看紙條。最後還寫了一個名稱。

「啊啊，這家啊……」

貓貓垂頭喪氣。這家店的位置比較遠，她有點懶得走過去。

「我是覺得不會賣完，況且反正還有半個時辰。」

她不動聲色地看看姚兒。

「我可以的。」

姚兒喝完果子露之後打起精神給兩人看。

貓貓與燕燕面面相覷，偏頭猶豫。

「燕燕，妳這是什麼態度呀？最近怎麼好像常常看到妳們倆互相示意？」

「沒有的事，姚兒小姐。小姐千萬別硬撐。」

「我要去！我說要去就是要去！」

「是。」

燕燕雖面無表情，但心裡鐵定在想：「逞強的小姐好可愛。」從背後看燕燕，可以看到形狀優美的小巧俏臀在開心地搖晃。

「從街道轉入岔道，走一小段路就到那家店了……」

貓貓邊走邊帶路。兩手拿著點心袋著實有點礙事。不過姚兒逞強拿了最多東西，所以還好一點。

（不服輸的強悍性情真不錯。）

世上有很多人只會仗著自己的家世身分擺架子。可是，姚兒不是那種性情。她之所以特地自願成為協助醫官的女官，或許也跟這種性情有關。

三人前往的店家正確來說不是點心鋪。那家店會賣些特殊食材，可說是供應批發商。擅長調合藥品的醫官，多少都會下廚。這家店有販賣許多珍奇佐料或調味料等等。

一踏進後巷，整體氛圍與大街相差甚遠。鑽過店家與店家之間，民房就多了起來。貓兒在樹蔭下打呵欠，穿著肚兜的小孩手拿逗貓棒想跟貓兒玩。

幾名女子在水渠旁洗衣，在被拴著的狗兒面前有個籠子，裡頭的雞恐怕就是今天的晚餐菜了。

「這、這種地方會有店家嗎？」

姚兒不安地說著。

貓貓沒回答，只是指指一塊小招牌。上頭的名稱跟紙條最後寫的店名一樣，姚兒這才鬆了口氣。

「怎麼不在更外頭的地方開店呢？」

「因為越是靠近大街，稅金就越貴。」

越是人潮往來聚集、周邊環境好的地方，稅金就課得越重。

「早點把差事辦一辦吧。」

三人正要走向店家，但燕燕忽然停住了。

「怎麼了嗎？」

貓貓一問，燕燕便無聲無息地指向水渠的另一邊。那兒聚集了幾個小孩，似乎包圍著某個人。

本來以為他們是在玩耍，但樣子有些不對勁。貓貓正在觀察是怎麼回事時，一個人影橫越她的眼前跑了過去。

「你們在做什麼！」

原來是姚兒渡過了小橋，闖入那些孩子之間。孩子們都嚇了一跳。

「你們在欺負人家對吧！」

她大聲一叫，孩子們紛紛作鳥獸散。

（該怎麼說她呢？）

真是年輕氣盛。貓貓一面作如此想一面去追姚兒。姚兒面前只剩下一個小孩，就是方才被包圍的孩子。假如把姚兒說的話信以為真，這就是被欺負的小孩了。

「……奇怪？這孩子……？」

姚兒偏偏頭。

貓貓也湊上去看看小孩的臉，像模仿她似的偏了偏頭。

「似乎是異國的小孩呢。」

燕燕說道。

披在身上的衣裳雖是茘國的服裝，但相貌五官與本地人不同。年紀大概還不到十歲。頭髮以及眼睛都是黑的，但肌膚不像黃色，比較像是泛紅的白色。小孩五官生得可愛又端正，有著一雙大眼睛，睫毛濃密。

（膚色跟玉葉后很像。）

這樣想來也有可能是混血兒，但貓貓看出燕燕之所以說是「異國小孩」的理由。小孩臉上刺染了花紋。不是罪人刺刻的墨刑，似乎是一種咒術，眼睛周邊刺有紅色的藤蔓狀花紋。

茘國基本上是不會在臉上刺青的，因為那是罪人的證明。貓貓在臉上塗染雀斑是極其少見的例外。

「妳沒事吧？」

姚兒向小孩問道。小孩表情一愣一愣地偏頭。

「該不會是聽不懂吧？」

姚兒一副傷腦筋的表情。如果小孩能說兩句話就好了，但她一句話也不說。

「她好像不會說話喔。」

忽然間，剛才被姚兒嚇跑的小孩之一跟她們說話了。

「她好像迷路了，所以我們問她是從哪裡來的，但她完全不肯說話，所以大家一起問她，結果她好像發不出聲音喔。」

小孩只說了這些就跑走了。

「呃……」

姚兒明明是自己要管這個閒事，卻似乎不知該如何是好。

（看我也沒用。）

一個迷路的小孩，而且是口不能言的異國孩子。也不知道她聽不聽得懂這兒的語言。

「該怎麼辦？」

（我還想問妳呢。）

人是一種用語言作為生活中溝通手段的生物。一旦不會說話，不知道有多不方便。

貓貓她們現在，就正在體會這一點。

「呃……名字，妳叫什麼名字？」

姚兒支支吾吾地跟小孩說話。她彎下腰，與異國小女孩對齊目光。小女孩一臉天真無邪的模樣，只是一味偏著頭，什麼都不說。看她試著聽懂姚兒說話的模樣，表示耳朵應該聽得見。

（要是能說點什麼，說不定還能知道是哪個國家的孩子……）

但她一句話也不說。

姚兒畢竟是自己插手管的閒事，雖然有在努力試著問出小女孩的身分，卻一臉傷透腦筋的表情。不時還偷瞄幾眼貓貓與燕燕。

（怎麼不幫她啊？）

身為女婢的燕燕只是定睛觀察主子的一舉一動。

貓貓原先一直當燕燕是姚兒的忠誠女婢，然而認識久了才發現不一定是如此。燕燕很在乎姚兒，當女婢也當得無可挑剔，可是……

（這姑娘有點毛病……）

這是貓貓的見解。

就像是因為對方太可愛而想捉弄兩下，但與那又有些不同。

於是燕燕就這樣，一直觀察姚兒傷腦筋的表情到她心滿意足為止。

就在貓貓擔心再拖拖拉拉下去會把跑腿的時間用完，打算插嘴幫忙時，燕燕上前了。

「姚兒小姐，奴婢猜想這女孩聽不懂我們的語言，還是讓奴婢來吧。」

「燕燕，麻煩妳了。」

姚兒神情顯得鬆了口氣。她似乎很感謝燕燕的幫助，卻不知這個燕燕一直在欣賞她傷腦筋的表情，搖著俏臀享受得很。

（俗話說眼不見心不煩什麼的。）

貓貓半睜著眼看著兩人。

燕燕用異國語言，問小女孩叫什麼名字。雖說都是異國語言，其實種類繁多。貓貓頂多只能講一點生硬的砂歐語，若是簡單讀寫的話，更西方的語言也懂。但那純粹是自學，對發音沒自信。

燕燕說過自己的程度與貓貓差不多，因此跟小姑娘說話時速度也很慢。不過，原本偏著頭的小姑娘聽了睜大眼睛，開始蹦蹦跳跳。看來是聽懂了。

「似乎是砂歐的小孩呢。」

雖然愛凜是金髮碧眼，但並不是所有砂歐百姓都有著明亮的髮色與眼睛。據說父母的身體色彩越深就越容易遺傳給子女，因此那裡百姓的頭髮或眼睛自然而然多是黑色或茶色。

「她聽懂了？可是，名字還是……」

小姑娘完全不說話。她只是拍拍自己的喉嚨，用手打個叉叉。

「難道是發不出聲音？」

貓貓用砂歐的語言問她：『發不出聲音？』小姑娘就用手比了個大圈圈。

「如果不會說話的話……」

貓貓拾起掉在地上的樹枝，在地上寫字給她看，然後將樹枝交給異國姑娘。

『會寫名字嗎？』

對於貓貓的詢問，小姑娘搖搖頭，畫起某種圖畫。看起來像花，但看不出是什麼花。

「……她好像也不會寫字呢。」

「那該怎麼辦啊？」

「這話應該是由我來說吧？」

貓貓對姚兒回嘴。真要追究起來，都得怪姚兒不加思索就要亂管閒事。姚兒表情顯得很尷尬。

小姑娘一個勁地在地上畫畫。

「這是什麼呀？」

像是某種帶柄的容器。

「是吃的嗎？」

「這個怎麼了嗎？」

小姑娘用樹枝敲敲畫好的畫。

「莫非她是在找這個？」

由於姚兒這麼說，於是燕燕用不流利的語言向小姑娘一問之下，她畫了個大圈圈。接著她讓三人看她的掌心，手裡放了一小顆砂金。

「等等，這是……」

雖然很小，但可是金子。這不是能隨意讓人瞧見的東西，貓貓讓小姑娘握起拳頭藏起掌心。

「意思應該是她有錢，想買東西吧？」

「應該是了。」

貓貓得到燕燕的贊同。「嗯。」姚兒也表示肯定。

「可是就看這塗鴉，還是完全看不懂吧？」

貓貓一邊看著塗鴉，一邊問：

『妳想要這種容器？』

小姑娘大大搖頭。

至少要是小姑娘畫得再好一點，也許就看懂了。

（要是能畫得像趙迂一樣好……）

不，講這也沒用。況且以年齡而論，能畫這樣已經很棒了。

「這似乎是一種食物，還有沒有其他線索？」

這樣下去沒完沒了。

小姑娘看著水渠那一邊。剛才作鳥獸散的孩子們，已經在水邊玩起來了。原本只看他們在釣魚，原來是在捉螯蝦。清除汙泥之後煮來吃很美味。

不過，小姑娘的目的似乎不在螯蝦，搖搖頭就像在說：「不是那個。」

「沒奈何了，總之先回去如何？醫官他們砂歐語應該說得更流利才是。」

「說得是。」

姚兒也束手無策了，真心表示贊成。

「欸，跟我們一起來吧？」

姚兒跟小姑娘手牽手。由於小姑娘偏著頭，因此貓貓向她解釋說：『我們帶妳去找更懂妳那兒語言的人。』

然而，小孩搖搖頭。她似乎想表達什麼，但不會說話所以不懂她的意思。她只是在地上畫畫。

「這個，該不會是甜饅頭吧？」

「說是甜饅頭倒也有點像。」

只是畫出橢圓圈圈很難猜出是什麼。貓貓她們歪著頭瞎猜，小姑娘也歪著頭，像是在說：「還是看不懂嗎？」

「這會不會是果子？」

「我看是蘋果吧？」

正如姚兒所言，圓圈上插著一根帶有葉片的梗子。這下再看看其他塗鴉，就覺得是有點像果子或糕點。

「莫非是……」

『妳想買點心？』

燕燕一問，小姑娘大大揮動手臂。看來是猜中了。

貓貓打開帶在身邊的布包，讓她看看剛才買來的糕點，然而……

「不對嗎？」

姚兒與燕燕也打開手邊的布包給她看糕點，但她全都搖頭。

「什麼種類應該都買齊了吧？」

有烘焙點心、蒸籠點心、甜點心、鹹點心……要求真的很多。

「再來還沒買的，就只剩下一家店的東西了。」

貓貓指著店家一說，小姑娘立刻跳了起來。

「咦？」

雖然搞不清楚，總之貓貓告訴她大家要去賣點心的店。小姑娘一聽完，蹦蹦跳跳得更高了。

「是要我們帶她去嗎？」

看樣子是如此。

也許是那家店有什麼她想要的東西。

貓貓她們渡過水渠，往店家走去。幾戶民房之中立著一塊招牌。店門緊閉，總覺得陰森森的。

雖然有招牌，但小姑娘不懂茘國的字。或許是這樣才會沒認出來。
「這種地方會是點心舖？」
姚兒投以疑神疑鬼的目光。
「這家店有些特殊，正確來說不是點心舖。」
三人打開匡啷匡啷響的店門，只見店裡已經有客人在了。在昏暗的店裡，有個微胖的店主與客人。客人似乎是女子，但個頭頗高，肌膚也略顯淺黑。異邦人的年紀比較不易辨認，不過看上去像是三十後半。
（異邦人嗎？）
「佳絲古爾！」
（家私鼓兒？）
女子說出了聽不慣的字詞。
還來不及偏頭不解，異國小姑娘已經衝上前去。
『真是！妳跑哪裡去了！』
女子以異國語言跟她說話。看來「家私鼓兒」是小姑娘的名字。同樣是砂歐的人名，「家私鼓兒」卻比「愛凜」難唸多了。
「呃……所以那位應該是她家裡的長輩了？是她娘嗎？」

「從狀況判斷似乎是了。雖然長得不太像。」
剛才忙了老半天究竟是為了什麼？三人不禁變得渾身無力。
家私鼓兒指著貓貓她們，在試著向女子表達些什麼。
「莫非是各位好心姑娘，將佳絲古爾帶來這兒的麼？」
雖然講話有口音，但完全能夠聽懂。
「我們碰巧看到小姑娘就在那兒的水渠邊。她似乎想買點心……」
姚兒回答。
「原來是這麼回事呀。」
換言之，小姑娘是想說她的同伴人在點心舖，但走散了，不知道點心舖在哪兒。沒想到就在旁邊。
「真是抱歉嘞。都是這孩子說什麼都要跟來。」
女子向三人解釋。其間，店老闆似乎在找女子要的東西，在架子上翻翻找找。
「噢，原來是這家店呀。」
燕燕看到繪有店家商標的包裝紙，好像明白了什麼。紙雖然質地粗糙，但是用來包裝夠用了。
「什麼意思？」

「回小姐的話，奴婢只是發現這家店與府裡有生意往來。」

「府裡」指的或許是姚兒的家。

「來嘍——現在店裡就這些了，不介意吧？」

「噁！」

看到店老闆捧著的一大堆東西，姚兒叫了一聲。

店老闆拿來的，原來是綑成一束的乾蛙。就是把某種蛙類拉直曬乾做成的。

小姑娘在水渠看到小孩釣螯蝦起了反應，說不定是以為他們在捉青蛙。所以後來才會顯得沮喪。

（不過此蛙非彼蛙。）

那是用做高級點心的蛙類，與滿地跑的青蛙可不能相提並論。

（青蛙……）

貓貓想起留在記憶中的某個角落，一種不知該不該說成青蛙的**尚可算大**的東西，搖了搖頭。就是那個印象強烈到讓她偶爾會想起的東西。

「那、那是要用來做什麼的？」

（大概是要做成夏季的清涼點心吧。）

有種只生息於部分地方的雌蛙，生殖器周邊的脂肪彈嫩可口。這姚兒應該不是不知道，

不過……

（真相還是不要知道的好。）

說穿了就是如此。

「我說呀，說異邦人會吃蛇或青蛙原來是真的呢。」

姚兒跟燕燕竊竊私語。燕燕回答：「小姐說得是。」真是睜眼說瞎話。

但是，看到兩個異國客人正要全部買下的東西，貓貓傷腦筋了。

「請問一下……」

蛙乾是無所謂，但她們把映日果（無花果）乾與冰糖漬石榴也全買下了。

「能否請姑娘留一點映日果給我們呢？」

採買紙條上有寫到這個。

「真不好意思喲。各位需要多少呢？」

貓貓說出份量後，對方爽快地答應了。

「映日果的話，現在這個時節有新鮮的，隨時可以準備。石榴的話就得再等一段時日了。」

「謝謝喲。」

女子懂禮數地向店老闆道謝。家私鼓兒也學著低頭致謝。

貓貓看到女子買的東西，瞇起眼睛。

（雖然有點想問……）

但那是人家的隱私，況且雙方也不見得在語言上溝通得來，所以她沒問出口。

女子把買來的東西用布包好後，站到貓貓她們的面前。

「一點小東西，不成敬意。」

女子拿出幾塊白布送給她們。一人一塊。

「聊表對各位照顧過佳絲古爾的謝意。」

說完，異國的兩個客人就走出店鋪。貓貓試著摸摸布料，當即慌張起來。

「請留步！」

「東西準備好了。」

貓貓本想去追，但被店老闆叫住。等貓貓她們收下跑腿要買的東西走出店鋪時，異國的兩位姑娘已經不見人影了。

「怎麼了？」

「是關於這個。」

貓貓拿著收下的白布搖動幾下。乍看之下像是素色，角落卻繡有精細的草木刺繡。

「這種涼涼的觸感，應該是絲綢了。」

「是呀，是絲綢沒錯。那又怎麼了？」

看到這千金大小姐講得臉不紅氣不喘，貓貓無奈地雙手一攤搖搖頭。

「姚兒小姐。只不過是有人將迷路的孩子帶回來就賞賜絲織品，以一般情況而論，出手太大方了。」

「就、就是呀！我也是這麼覺得的。」

嗯，姚兒真可愛。燕燕在姚兒看不見的地方豎起大拇指。

那兩人不只能在店裡買下所有東西，還能輕易拿昂貴的東西送人。

（看來是相當有錢了。）

貓貓心想早知道就多拍點馬屁了，嘆一口氣。

就在這時，報時的鐘聲響起。

「忘、忘了時辰了！」

三人這才發現早就到了該回去的時辰了，只得再次卯足全力狂奔。

十三話　皇弟貼身侍女

上回出外跑腿採買之後，這幾日貓貓繼續在做平素那一成不變的差事。就在幾個醫佐每天累得像條狗，仍然得不停地把白布條洗乾淨然後消毒時，一份通知送到了她們手裡。

「是給我的？」

燕燕偏頭說道。通知只送給燕燕一人。

「究竟是什麼呀？」

姚兒一頭霧水地湊過來看。包括貓貓在內，三人當中就屬姚兒的體格與發育最好，但興味盎然的模樣就像她這年紀的姑娘一樣稚氣未脫。

「似乎是遷調令。」

看到內容，三人皺起眉頭，然後看向送來通知的醫官。

「事情就是如此，燕燕這陣子就先以這信上的差事為優先吧。」

聽到醫官此言，眉頭皺得最緊的是被這麼說的燕燕本人。

「恕小女子斗膽，小女子實在不願離開姚兒小姐的身邊。」

「妳以為對方容得了妳回絕嗎？」

雖然講話十分客氣，但似乎不容爭辯。至於通知的內容是……

「呃……也就是要她當皇弟殿下的侍從對吧，而且是有限期的。」

姚兒唸出文牘的一部分。換言之就是負責照料壬氏的起居。

「可以問一個問題嗎？為什麼是我？從成績等方面來看，應該是姚兒小姐比我來得優秀吧？」

（才怪，那是妳故意放水吧。）

貓貓很想吐槽，不過她人好所以不會這麼做。

「況且從家世來考量，我恐怕高攀不起。」

姚兒姑且不論，但燕燕是庶民。皇族的侍女基本上都會挑選家世較好的姑娘擔任。

然而，貓貓感覺自己好像知道燕燕為何會中選。

「他們反而是刻意避開大戶人家出身的姑娘。」

醫官以略知內情的神情說道。

「若是不假思索地選出家世高貴的姑娘，有不少人會誤以為是殿下的嬪妃候補人選。」

壬氏比貓貓大一歲，現年二十歲。雖然實際年齡沒外貌那般年長，但也該納個側室了，毋寧說至今未納比較奇怪。

「還有上頭指示說，由於殿下容貌過人，隨便找人擔任侍女會出亂子。」

果然如貓貓所料。燕燕的話，雖然思想有些扭曲，但敬慕小姐，絕不會被壬氏迷惑心智，反倒還一副「真不想被調走」的表情。真是放肆。

「貓貓也在候補人選裡，但是……」

醫官瞄了一眼屋外。單片眼鏡怪人黏著窗戶不走。才覺得最近都沒看到他人，沒想到又復活了。大家早已習以為常。

「由於某位大人表示不合適，於是就剔除了。」

怪人盯著屋裡瞧了一會後，背後來了兩個貌似部下的人拉著他的手把他拖回去。貓貓很希望他別再來了，但恐怕不久之後又會再跑來。

「希望妳明日就立刻動身。」

「……」

燕燕面無表情，但流露出一股抵死不從的鬥氣。她觀察姚兒的臉色，想向主子求助。但姚兒卻說「既然是家世問題就沒奈何了」，已經接受了這件事。貓貓本以為她會嫉妒，想不到在這方面還挺爽快的。也許是因為她知道燕燕是有真本事的人吧。

「燕燕的話無論什麼職位都能勝任的。妳要多努力喲。」

姚兒面露光彩照人的笑容對她說道。貓貓險些以為她是在報復燕燕平素對她的所作所為，但看起來完全沒那種感覺，就只是真心祝福燕燕罷了。她完全沒看懂燕燕的意思，真是個天然呆。

燕燕的臉孔扭曲了。要是主子這時能提兩句意見就好了，無奈已經完全是一副要送她出門的模樣，所以她也不好再說什麼。

「那就拜託妳了。」

被醫官輕拍一下肩膀，燕燕垂頭喪氣。

「少了一個人，差事難免會變忙碌呢。」

姚兒一邊把藥收進櫃子一邊說道。她前陣子變得比較會跟貓貓說話，如今燕燕不在，說話的機會更多了。

「是呀，因為燕燕很勤快。」

貓貓檢查過每一種藥品的種類。有時偶爾也會包含一些珍奇藥品，不過今日送來的，大致上都只是補充平素使用的藥。

「我很想相信她沒事，但是只希望她別在皇弟殿下面前犯錯就好了。」

「她不會有事的。」

「就是呀，她可是燕燕呢，一定沒事的。」

（不是，就算多少犯點錯也不會被殺頭的。）

貓貓這麼說不是看燕燕能力如何，是從壬氏的為人來判斷。壬氏說來說去，總是不太擅長處罰他人。當然，他還是會不得已而為之，但貓貓不認為燕燕會犯下那麼嚴重的錯誤。

（只要別造反就行了。）

總而言之，貓貓就只是像平常一樣當她的差而已。

○●○

書房比平時熱鬧多了。壬氏一手拿著公家文書，看著受人介紹的文官、武官與女官。

本來就壬氏的身分而論，是不用一一與新進人員見面的。但壬氏還是特地做個確認，是因為他有他的想法。

「今後公務將會變得繁重起來，諸君須努力幹活。」

壬氏笑容可掬。這麼做並不是想跟大家陪笑臉，也不是顧慮到部下的心情。

在場所有人統統表情不變，待在原位不動。

向對方展露笑容，有時可以給予對方好印象，但以壬氏來說常常反而是惹禍招災。

以宦官身分進入後宮的當天，壬氏用笑容向其他宦官致意後，高順只不過是一時沒盯緊，壬氏就被帶進了樹叢裡去。看來那個人沒了命根子卻不代表性趣全失，想把壬氏當成孌童。雖不知道那人實際上想怎麼辦事，總之壬氏是遇到了危險。

「如今那也成了美好回憶……才怪。」

壬氏不禁獨自咕噥。他當場揍了那人逃走了。其實宦官之間締結那種關係並非稀奇事，表面上似乎稱為**義兄弟**。

想都不願去想。很不巧，壬氏沒那種癖好。

「怎麼了嗎，壬總管？」

傷勢總算痊癒、得以復職的馬閃偏偏頭。這小子那時應該全身上下都骨折了才是，卻聽說每日鍛鍊照做不誤。即使是身為父親的高順，也對兒子的強壯體魄感到傻眼。

「不，沒什麼。」

這次的人選似乎還不差。之前聽到無論如何都得僱用年輕侍女時還有些不安，不過目前看來似乎不會有問題。回到自己房間時，不用怕被水蓮嘮叨了。

只是，前次壬氏還險些被人下毒，提高警覺總是比較安全。必須嚴加警戒才行。以壬氏個人來說，他很想請某個舊識來擔當這份職責，不過聽聞此番新進的人員是那名舊識的同僚。換言之，就是醫官的貼身女官。

由於是新設立的衙署人員，考試題目設計得比較艱難。聽說其中不適合擔任醫官的人幾乎都已被淘汰，所以應該有點真本事。

今後所有人為了東宮的亮相儀式，都會分配到差事。壬氏也得去處理他的公務，於是眾人就早早解散了。

等眾人盡皆散去後，壬氏大嘆一口氣。房間裡只有馬閃在，不會挑剔他這點小毛病。

「壬總管，微臣為您準備飲料如何？」

「不，免了。先不說這個，你身體恢復常態了嗎？」

「……請總管恕罪。早晨鍛鍊，微臣還只能跑二里。微臣會立刻練回來。」

二里已經夠多了。壬氏心想：這小子的身體到底是用什麼做的？

壬氏雖作如此想，但馬閃卻努力想把養病時沒做的差事一併補回來。看到他努力處理他不擅長的公家文書，讓壬氏很欣慰。

「壬總管，關於砂歐巫女來到離宮一事該如何處理？」

馬閃拿著一份文牘問了。

為政著實是件麻煩事。有些事情用嘴巴講最快，卻得特地寫成公文輾轉送來。記得對方是在數日前來到離宮的，現在才用公文請示真讓壬氏頭疼。壬氏去致過一次意，但也就如此了。他以為有別人在負責招呼，萬萬想不到現在才來遞公文向壬氏請示。

「所以得由孤來是吧……」

壬氏看著堆積如山的文牘只能嘆氣。後宮相關的公務至今還是會找上他，而且總覺得子字一族失勢造成的損失好像也全落到了他頭上來。

「大家該不會都討厭孤吧？」

「不，大家反而對總管愛慕萬分。」

「拜託別一臉認真地這麼說。」

「微臣失言了嗎？微臣還以為大家都是特地來見壬總管的。」

正因為講得毫無惡意才更讓人傷腦筋。

之所以禁止女官進入這間書房，是因為有太多人故意丟失公文以延長當差時辰。文官當中偶爾也會出現這種人，於是只得禁止所有曾經丟失公文的人進入書房。雖說是禁止進入，壬氏並不會講得像是在責怪對方，但還是有人會妄加臆測。

結果造成有一部分的人，認為在這裡只要犯錯就會遭受處分。

即使如此，公文還是一樣多。

「關於砂歐的巫女一事如何處理，醫官他們還沒見過巫女，對吧？」

「是。若是要去，將會由漢醫官與醫官的貼身女官們前往。」

對方乃是異國權貴，且是擁有巫女頭銜的人物。雖說是為了治病，仍不能隨意讓男子碰

觸。因此將由身為前宦官的漢醫官——也就是漢羅門，貓貓的養父兼羅漢的叔父前往。觸診由女官們進行，羅門則以觸診所知探究病因，相當地拐彎抹角。

雖然拖泥帶水，但這是對方的要求所以莫可奈何。其中正好有一名女官被他調了過來，只剩下兩人，不過有貓貓在應該能與羅門合作無間。

「那麼，你先去問問雙方何時方便。並且告訴尚藥局，前去訪問時要盡量配合巫女那邊的時日。」

「遵命。」

馬閃即刻修書一封，派書房外待命的信使送去。

「其他還有什麼問題嗎？」

壬氏想從重要事務解決起。一次次送回來的無聊議題之後再說。

「沒有了……啊！這麼說來倒是有一件。」

「何事？」

馬閃露出尷尬的神情。

「……已經有人提出遷調申請了。」

「……」

壬氏接過筆跡龍飛鳳舞的遷調申請。所以這是剛剛才見過面的那些人裡的其中一位遞上來的。

「是名為燕燕的女官遞的，說是希望能回去做醫官的貼身女官。」

「醫官的貼身女官……」

有句話說物以類聚，看來尋求稍微特殊職位的人很多都是特立獨行。

壬氏盡量不想在身邊安排年輕侍女，認為等其他侍女學會當差，看樣子沒什麼問題的話減少人數也無妨。她只要忍耐一陣子，壬氏或許可以答應她的要求。

「這個名喚燕燕的女官，受到了何種舉薦？」

壬氏姑且確認一下。

「文書上寫到她差事處理得圓滿周到，善於做陪襯。此外，侍女的技術也是自十歲起就受過訓練，說是沒有問題。事情也學得快，只是遇事不主動要算是長處兼缺點。」

「的確不壞。」

「還有……這跟能力沒有太大關係，就是……」

馬閃一臉難以啟齒的模樣，從文書上別開了目光。

「什麼問題？說來聽聽。」

「……是。備註寫到她不是不擅長應付或是討厭男人，只是……」

馬閃猶豫了一下後說道：

「她似乎有些性好女色。」

女色，意思就是身為女子卻比較喜歡女子。

「錄取！」

壬氏把遷調申請掃到一邊。

「壬、壬總管！」

「這可是不可多得的人才呢。絕對不准讓她跑了。」

壬氏邪笑著對馬閃說完後，就開始繼續處理公務了。

十四話　會見巫女

在宮廷的近處，阿多居住的離宮附近另有一座大離宮，是用來招待異國貴賓的。此次砂歐的巫女一行人似乎就是暫住在這離宮裡。

貓貓、姚兒以及羅門與幾名護衛，來到此處為巫女問診。貓貓看看護衛人選，發現都是熟面孔，就是以前她在後宮見過的宦官。畢竟對方是巫女，這座離宮開始部分限制男子進入，因此護衛找的也全是宦官。

「這地方有點奇特呢。」

姚兒說道。

雖說鄰近宮廷，但與貓貓還有姚兒住的宿舍位於反方向，沒多少機會能仔細端詳這座離宮。貓貓數次前去拜訪阿多時有看到過，不過仔細一瞧的確是棟特殊的建築。

或許可以稱之為異國風格吧。從氣氛來看與其說是砂歐，比較讓人聯想到更西方的建造物。貓貓雖沒親眼瞧過，不過跟她以前借來閱讀的書本插畫十分相像。木造宮殿在各處用了磚瓦，窗戶上半部呈現半圓形。有些地方還嵌了玻璃，奢華無比。庭園有座以薔薇搭成的綠植拱門，到了花季一定很賞心悅目。

傭人的服裝也有些特殊，不過都是黑髮黑眼，人種像是茘人。

（畢竟在異邦要人的居住之處，不能僱用異邦人嘛。）

一旦有間諜，事情就嚴重了。即使是在一旁渾身泥巴整理庭園的大娘，定然也是身世清白的人。

走進屋宇之中，一位風貌一看就像是異邦人的女子出來迎接眾人。女子個頭高挑，頭髮是淺茶色。眼睛介於暗綠色與嫩葉的黃綠色之間，是一種像是橄欖的顏色。

「久候多時嘞。」

看來這位女子的說話口音也是一樣特別。

「裡邊請。」

眾人依言往裡邊走。

內部裝潢比屋外看起來更精緻。地面鋪著石板，石柱到處都雕刻了圖案。像是舶來品的擺設排成對稱模樣。貓貓側眼看著它們，心想要是摔壞，庶民賺一輩子的錢恐怕都還不清。

越是往裡邊走，宮殿裡就越來越暗。窗戶掛著窗帘，以減少外來的光線。

（白子是吧。）

白子有著白髮、白膚與紅眼。據說其中也有些人是藍眼睛，或是頭髮中混雜幾根金髮，但全都怕太陽光。根據阿爹所說，白子缺乏一個人本來應有的色彩來源，因為缺了這個，而導致身體徹底受到太陽光的影響。

窗戶光源被遮住的同時，腳邊放了燈。這座宮殿從白天就在點蠟燭，而且是以一定間隔擺著照亮走廊。

「這兒就是嘞。非常抱歉，可否請男子在此等候？」

「好。」

阿爹羅門與護衛在房門前止步。

貓貓她們走進房間。房裡光線昏暗，瀰漫著焚香的氣味。橙色光源搖曳不定，在華蓋床之上可以看見人影。

「醫師已經帶到嘞。」

床邊有位像是侍從的女子。女子有著淺黑色的肌膚。貓貓正偏頭覺得眼熟時，姚兒先起了反應。

「啊！」

呆笨的叫聲響徹屋內。

貓貓頂了一下姚兒的側腹部，並在這麼做的同時，想起了為何會覺得眼熟。對方正是日前她們帶著名叫「家私鼓兒」的異國小姑娘去見到的那位異國女子。從餽贈繡花布給尋回迷路小孩的人這點來看，貓貓早就猜想她必定很富有，沒想到居然是巫女的貼身侍女。

（原來巫女也會吃青蛙啊。）

貓貓還以為巫女會基於不能殺生之類的理由，而不吃魚類或肉類。當她聽說巫女患病時，也曾想過可能是因為不吃肉而營養失調，但看來似乎不是。

淺黑色肌膚的女子似乎也想起了她們，僅僅一瞬間露出了驚訝的表情，隨即恢復成原本的嚴肅面容。對，她們是來這裡出公差的，公私必須分明才行。

「葛位請。」

巫女的口音比隨侍的女子更重。掀開帷幔露臉的，是一位標準白子風貌的美女。聽說此人已經四十歲了，但看起來比想像中更年輕。躺著看不太出來，不過個頭應該算高。真要說的話有些發福，但因為手臂修長的關係，看起來並不臃腫。

（要是再年輕並且再瘦一點的話……）

就跟那個盡以美女為題材的畫師所繪的異國女子如出一轍了。然後——

（要說像的話倒也滿像的。）

說的自然是白娘娘了。

貓貓這兒有一項羅半託她辦的密令。

（這位巫女是真的具有巫女的資格，還是……）

還是早已失去了巫女的資格，產下了喚作白娘娘的孩子？

貓貓來此就是為了確認這點。

（想看出是否為經產婦……）

最簡便的法子就是看看胯下，但這恐怕辦不到。太冒犯了。

（不能的話還有個法子。）

懷孕時腹部會在十個月之間急速脹大。腹部會膨脹到快要撐破，然後隨著生產而縮小。這時候形成的皮膚擴張紋就稱為妊娠紋。之所以會形成這種紋路，是因為皮膚的成長追不上腹部的膨脹，而撐破了表皮。

（不過玉葉后與梨花妃都沒有。）

按照普通的生產情形，產生妊娠紋的機率較高。當然也有可能沒有，不過可以作為一種確認的要素。

（只要肚子就好，不知道她願不願意讓我看看。）

貓貓緩緩低頭致意後，走到了床邊。她事前已跟姚兒談過，決定好分配的職責。姚兒負責記錄，貓貓進行觸診。姚兒似乎很想自己仔細做觸診，但在其他醫官的見證下，量脈搏是貓貓量得比較正確，她這才死心。

只要知道自己比不上對方，即使不甘心還是會接受事實。

貓貓能夠體會燕燕為何在各方面都很疼姚兒。姚兒是個直率過頭的姑娘，對於性情彆扭之人來說，有時會覺得囉嗦，有時卻又覺得耀眼。

如同她接受燕燕獲選為壬氏侍女一樣，一旦清楚知道了貓貓的實力，她也會接受別人的評價。

貓貓事前已經看過記載巫女身體不適之處，以及之前接受過的治療法的冊子。她跟阿爹討論過，已歸納出了巫女有可能罹患的幾種疾病。

「首先可否讓小女子為您把脈？」

貓貓講話速度緩慢，好讓對方容易聽懂。

「好。」

貓貓碰觸巫女伸過來的手，摸起來觸感柔軟。由於肌膚白皙，青色的血管位置清晰可辨。

貓貓以三根手指按住她的手腕，怦咚怦咚的聲響傳了過來。貓貓數數一定時間內的聲響次數，以手指告訴姚兒次數後，她用隨身攜帶的紙筆流暢地記錄下來。

「大人是否有些緊張？脈搏似乎有點快。」

貓貓似乎講到了巫女聽不懂的詞彙，她偏偏頭。一旁的女子翻譯成異國語言後，她才微笑回答：

「是，有點。」

不過並不算異常數字，所以應該不成問題。

「可否讓小女子觸摸您的臉？請讓我確認您的眼睛以及舌頭。」

「請。」

貓貓以雙手觸摸巫女的臉。雖然有法令紋，不過其他部位都是有彈性的美麗肌膚。

貓貓拉開她的下眼瞼，看看眼睛。然後請她張嘴伸出舌頭。

（就某種意味來說運氣很好。）

貓貓想起日前見到的名為家私鼓兒的小女孩，有了此種想法。

（石榴，以及雪蛤。）

當時她們買下的東西，有很多是能入藥的食材。然而人家給他們的文書上卻什麼也沒寫到。換言之巫女在日常生活當中一直都在攝取藥材。

貓貓偷瞄一眼站在床邊的侍從。方才顯得相當吃驚的侍從，如今一副若無其事的表情。

（不是作為藥方？只是巧合？）

攝取過多藥材，有時會危害身體健康。

「小女子斗膽，可否請侍從將大人平素愛吃的食物等等，鉅細靡遺地寫下來？」

「是。」

侍從回話道。

侍從寫得順暢，問題是寫的是異國語。裡面有許多看不懂的詞彙，必須晚點再來一邊翻譯一邊思考。無論如何，最終下診斷的都是阿爹，就對阿爹的能耐寄予期待吧。

「那麼，可否請您敞開上衣？」

「……好。」

巫女慢慢地拉開上衣。由於事前就知道醫官會來看診，因此巫女穿著前襟攏起的寢衣。一對乳房暴露在外，連肚臍都可看見。

「……可否准許小女子觸摸？」

「請。」

貓貓直接觸摸，一邊計算聲音的不同，一邊看腹部。

（沒有妊娠紋。）

巫女腹部微胖，也許原本就不容易留下妊娠紋，也可能根本就沒生產過。說不定從前提條件就有錯。

貓貓之所以會這麼想，是因為……

（身材豐腴，胸部卻小。）

如果初潮沒來，有可能是陰陽人。性別男女並兼，但又非男非女。乳房較小可能是因為如此，但也可能本身胸部就小。

究竟是不是經產婦，一點都看不出來。疾病也是，月經的有無會影響診斷結果。前提條件不清不楚著實令人困擾。

貓貓一邊上下抖動眉毛，一邊逐步診視。

但如何診視就是看不出結果。雖看不出結果，不知怎地總覺得心裡有疙瘩。

（是不是看漏了什麼？）

雖然覺得有哪裡不對勁，卻找不出來，看診就這麼結束了。

（索性要求讓我看看下面好了。）

不，還是罷了。初診能願意露出上半身已經夠好了。就連後宮裡的嬪妃，有些人都會以不願在外人面前暴露肌膚為由拒絕。

「大人可以穿起衣服了。」

世間沒那麼好的事，可以一次解決所有問題。反正逼得太緊只會壞事，貓貓決定先把診斷內容通報給阿爹知道要緊。

「小女子先去將目前問到與檢查到的部分告訴醫官，稍作討論之後再來。」

「好。」

侍從替巫女披上外衣。

貓貓她們離開了房間。

「緊、緊張死我了。」

一坐上回程的馬車，姚兒脫口而出。她發現自己講出了聲音，立刻裝出一副若無其事的臉孔，但已經太遲了。要是燕燕人在這裡，大概會露出「糊塗的小姐真是可愛極了」的表情吧。目前就由貓貓代替她細細觀察一番好了。

初次上門看診就這麼結束了，貓貓只能說結果不甚理想。但她又無法當場拿病人的狀況向阿爹做確認，必須等離開離宮了再討論。

（太費事了。）

難得巫女都特地遠從異國乘船過來，還以為她必定對茘國的醫術寄予期許，她卻又不讓有能力的醫師直接為她診治。

「那麼結果如何？」

阿爹雖然問結果如何，貓貓總覺得這位柔和慈祥又濫好人的老先生早已知道答案。貓貓懷著此種想法報告結果。

「巫女大人真有生病嗎？」

這是貓貓的真實心聲。

「妳在說什麼呀？人家都特地從砂歐過來了。」

姚兒插嘴道。

「是，她是特地乘船長途跋涉而來。的確，我也認為巫女大人患有疾病，但委實不認為必須要請到異國醫師才能治好。」

畢竟是當著姚兒的面，貓貓即使是跟阿爹說話也有注意口氣。

「那麼，她患的是什麼病？」

阿爹一問，貓貓一邊看著姚兒寫的筆記一邊回答：

「症狀有倦怠感、失眠、身體虛弱，另外似乎也有些肥胖。還有，最令我擔心的一點是……」

巫女說骨折的地方一直沒好。位置是左手的小指，幾乎不會影響到日常生活，但想必還是不大方便。

「我想可能是陰虛造成的身體缺陷。這並不稀奇，女子年紀大了就會患上此種病症。」

主要是停經之後會得的一種病。陰虛會使人身心不安定，其中一種病症就是骨質疏鬆。

從四十歲這個年齡來想雖然有點早，但這時絕經並不奇怪，假若原本月經就真的沒來過，想必更容易患病。

「這樣啊。那麼假設貓貓的觀點正確，我想問個問題。國情不同，有時醫術也會不同。

也許是巫女認為砂歐的醫術真的治不好病，才會來茘國求助。妳這麼說有任何根據嗎？」

「有。」

貓貓拿出記載了巫女飲食的紙張。

「藥品當中，並未包括能補陰的藥材。但是就巫女平素的三餐膳食來看，卻吃了許多具有療效的食材，多到不需要另外抓藥。」

「妳說的該不會是那時候，她們在店裡全部買下的──」

姚兒似乎察覺到了。數日前，巫女的侍從買下了大量的食材。在那當中，包括了很多對婦人病有療效的食材。

巫女根本就知道如何調養自己的疾病。即便如此，她卻特地來到茘國，或許與政事問題大有關聯。

「妳們倆都是同個想法，對嗎？」

阿爹也向姚兒問道。

「我的醫學知識雖沒有貓貓來得淵博，但日前，我的確看到巫女大人的侍從買了大量藥材，所以沒有異議。」

姚兒顯得有些不甘心，想必是因為必須親口承認自己實力不足吧。但她能夠誠實承認不如人，這點實在可愛。也許貓貓漸漸地就快變成燕燕第二了。

（她知道那是藥材啊。）

無意間貓貓想到：既然如此，不曉得她知不知道自己吃的雪蛤也是藥材呢？改天問問看好了。

阿爹露出為難的表情。由於他平素就是一副為難的表情，因此更進一步來說，是稍感困擾程度的為難表情。

「有件事我必須先聲明。」

「是。」

「是。」

貓貓她們回答。

「我們在做的，是攸關人命的職務。」

這是當然。

「對巫女進行的醫治方式，絕不能危害到人命。」

「是，自然是這樣的了……？」

姚兒一臉不解地問道。

「妳們絕不可將方才的話告訴巫女她們。我們只需針對巫女的病做適當的治療就好。」

縱然是對方已經在做的療法也一樣。

（看她一副難以接受的表情。）

想必是如此了。以姚兒來說，她一定不懂為什麼得說出對方已經在做的同一種療法。她大概是想說：「那樣的話，豈不是在承認自己無能？」

（裝笨也是一門學問。）

阿爹剛才說過「醫治方式絕不能危害到人命」。

這裡所說的「人命」並非巫女，而是貓貓她們。

在這股濃濃的政治陰謀味當中，隨便說出真相會惹來殺身之禍。這對於未經世故的千金小姐來說恐怕很難理解。

（換作是燕燕的話應該能花言巧語蒙騙過去。）

「姚兒姑娘，再過不久就到了。」

但她現在出公差去了，莫可奈何。

貓貓為了轉移話題而探頭看看馬車外。比起從離宮前往宮廷，從宮廷返回尚藥局的路更遠，相當累人。

「等回尚藥局之後，咱們來找找藥品如何？也許有什麼藥是只有我國才有的，若是吃了能稍稍改善巫女大人的身體狀況，不是很好嗎？」

「……知道了。」

姚兒基本上很聰慧，明白現在吵鬧也無濟於事。

她聽話地安分下來。

到了尚藥局，阿爹立刻整理出一份文表，去通報上級。

貓貓她們獲得阿爹的准許，進入藥庫開始尋找開給巫女的藥。視巫女的體質而定可能有些藥無效，或是她已經在服用了，但總之先全部列出來再說。

貓貓把記得的藥品統統拿出來，姚兒則是參考典籍一件件取出。雖說已經獲得許可，畢竟占據了藥庫，結果驚動了醫官跑來查看。

「這是怎麼了啊，擺了這麼多藥出來，是要開什麼方……嗚哇！」

來者排斥地叫了一聲。還以為是誰，原來是阿爹的醫官舊識。也就是之前為了確定里樹妃有無行不貞之事而與貓貓同行的醫官之一。由於雙方認識，他偶爾會來露臉關心一下。

「怎麼了嗎？有配出什麼奇怪的藥方嗎？」

貓貓一臉不解。

「喔，沒事，只是一瞬間嚇了一跳，以為又要被逼著去那裡了。」

「那裡？」

「就是那裡。」

醫官指指宮廷的北側。

「就是後宮啦。」

「太醫怎麼會這麼想呢？我們的確是在找婦人病的各種藥品，但跟後宮無關啊。」

貓貓一邊覺得不解，一邊看看擺出來的藥品。

「婦人病啊……那我就懂了。我在宮廷裡看的幾乎都是男病患，沒什麼機會開這種藥，所以一時嚇到了。」

也許他對這類藥品有某種不好的回憶。這讓貓貓想起，以前宦官以外的醫官也能在後宮進出。

「對了，聽您說過您以前當過後宮醫官，是那時候發生過什麼事嗎？」

「不是什麼大事，有點不愉快的小回憶罷了。這個跟這個，還有……」

醫官拿起幾種貓貓她們挑出的藥品。

「只要再跟另外幾種藥材混合，就能做出特製的假宦官藥。」

「假宦官藥？」

貓貓與姚兒異口同聲地說。

「沒什麼大不了的啊。當有事需要讓不是宦官的男人進入後宮時，假若出了什麼問題不就糟了嗎？所以即使不用成為宦官，也得服用減低男人性慾的藥。」

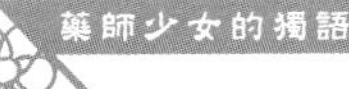

「喔。」
貓貓恍然大悟。她之前就在好奇壬氏也就算了，為何連高順進出後宮都不成問題，看來恐怕是被迫服用了此藥。
「總之看起來味道很糟呢。」
「糟透了。」
有經驗者現身說法。
「不只如此，習慣之後還會出現奇怪的副作用。」
「副作用果然是少不了的呢。」
「當然嘍。不管是什麼藥都不能吃太多。所以我才不太喜歡。」
這下貓貓知道他為何排斥得大叫了。她很想問問有什麼樣的副作用，然而醫官一下子就離開了藥庫。
「要是燕燕在多好，她可擅長這種事了。」
「她看起來的確很擅長。」
「還有剛才提到的副作用也是，還是寫封信跟她問問看吧？」
「說得是，燕燕會很高興的。」
燕燕搞不好因為缺乏小姐成分的關係，就快出現戒斷症狀了。

但或許多虧於此，貓貓漸漸變得與姚兒很有話說。貓貓一邊思考藥方要如何開，一邊作如此想。

十五話　阿娘

進宮為巫女做過幾次看診後，回程的路上從馬車往外看，會發現街上的氣氛熱鬧得有如過新年。

「走路回去可能還比較快。」

姚兒說出了這句話來。貓貓因為知道阿爹腿腳不方便，所以沒說話。

阿爹臉上浮現著無奈的笑容。

「真是對不住。因為這路程對我的兩條腿來說遠了點。」

姚兒露出自知失言的表情，但為時已晚。幸好這是阿爹，假如是其他高官的話已經惹惱人家了。

這樣進宮看診雖然不知道有沒有意義，不過似乎也派上了一點用場。很遺憾的是，派上用場的並非貓貓她們準備的藥品，而是叫巫女平常多攝取水分的建議。

在水源稀少的砂歐，人們沒有多喝水的習慣，而且巫女的身分讓她無法隨意去小解，因此喝水的次數似乎極端地少。巫女高興地說增加了喝水次數後，頭痛次數就減少了。

另外巫女還用不流利的語言告訴他們，能夠散步讓她很高興。巫女由於身為白子，以往只能在夜裡出外走動，但茘國日光比砂歐弱而且多雨。巫女說她會在天候不佳的時候撐傘，到外頭散步。

（過得真愜意。）

讓貓貓不禁懷疑她其實是來茘國遊山玩水的。

當然，巫女並非一整天閒著沒事，據說不時會有訪客上門。來者若是達官貴人還能理解，但也有人是覺得異國巫女很稀奇，跑來想聽她說話。

如同白娘娘大受歡迎，異國的白子巫女也憑著她稀罕的色彩迷倒了眾生。

「今日前來拜訪之人似乎是想求神問卜呢。」

貓貓無意間想起此事，便說了出口。

「從巫女的身分來想，占卜也可算是公家事務之一，但稍嫌有點放肆了。人家好歹也是外國顯貴啊。」

她們都覺得阿爹說得對。

更何況巫女好歹表面上是來治病的。那些人一點也不懂得將心比心，無奈大多數人都是像他們那樣。

「雖然都說巫女的占卜很準，但我覺得一味聽信占卜結果不是很好。也沒個明確的理由就用占卜決定未來，我覺得並不可取。」

貓貓在意的是這點。占卜是無憑無據的事。若要說有，那就是那位巫女懂得讀心術了。

「貓貓妳這孩子總是喜歡讓事情是非分明。」

「妳討厭占卜嗎？」

姚兒插嘴說道。

「姑娘不覺得那感覺很不舒服嗎？」

貓貓明白不是什麼事都能黑白分明。然而，貓貓認為世間不可思議的事情都只是自己的知識或所知不足，總能找到某些根據才是。

「我覺得以灼燒龜甲的方式決定遷都地點並不可取。」

「不，其實那意外地有它的道理喔。」

阿爹提出反駁。

「使用當地的動物，可以知道當時生物的營養狀態。換句話說，也能夠知道土地的肥沃貧瘠。藉由稱其為占卜並祭出神仙的方式，若能令眾人信服的話就會舉辦大型典禮。或許這就是政事的起源了。」

（原來如此。）

阿爹的說法令人信服。姚兒也興味盎然地聽著。

「只是很無奈，即使在過去是有意義的事，有時候做這件事的原因與意義會失傳，徒留形式。這種情況最棘手了。」

阿爹神色傷悲。

「昔日我曾經去過一個村子，當地每逢歉歲就會拿當年誕生的嬰孩充當人柱埋進地下。但是有一段時期，即使埋了人柱收成仍然不好，村人就陸陸續續埋下了更多犧牲者。等到終於無人可埋時，正在雲遊四方的我恰巧途經那個村子。」

（啊！我能想像到結果了。）

阿爹天生多災多難，講到這裡就猜得到後續發展了。

「被村人用繩子綑綁起來丟進洞裡時，我還以為小命不保了呢。要不是之後趕來的旅伴發現，我恐怕現在還躺在地底下吧。」

「……」

姚兒目瞪口呆。阿爹用穩重大方的口吻給她們講了個非常沉重的老故事。阿爹雖然聰明，對自己的不幸遭遇卻多少有些麻木。真要說起來，成為宦官也並非他所願。

「妳們也許會覺得拿活人獻祭很愚蠢，但在過去有時候是有效的。在那個村子裡，連作是一種常態。雖然有施肥，無論如何卻總是會缺乏一種養分。而人體內就含有此種養分。」

當然就這種道理來說的話，如果不是連作造成的弊害就沒用了。阿爹途經的村子，是因為病蟲害才會導致歉收，拿活人獻祭毫無意義。

「即使不懂其中含意，有時候人會以經驗法則行事。拿活人獻祭的習慣，恐怕也是始自於湊巧只有土葬埋屍的那一帶長出作物之類的現象吧。但是隨著日月流逝，民眾會對其賦予鬼神之說，將其神聖化。神仙這兩個字可是好用得很。」

砂歐的巫女或許也是在這種過程下被神聖化了。

講著講著就到了尚藥局。雖然很想再聽阿爹多說一些，但莫可奈何。貓貓扶著腿腳不好使的阿爹下馬車。接下來得寫份文表才行。

但不知怎地，尚藥局吵吵鬧鬧的。

正不知發生了什麼事時……

「你們總算回來了。」

一臉困擾的醫官來到他們面前。

「是怎麼了？」

「還能怎麼了，我哪料到他竟然會趁你們倆不在的時候過來？都說了你們不在了，他卻說要等你們回來，讓我傷透腦筋哪。」

聽這口氣只會是一個人。

貓貓與阿爹面面相覷。

「真沒辦法。」

阿爹先走進尚藥局裡。待在裡頭的人果不其然，就是戴單片眼鏡的怪人。怪人軍師躺在不知從哪裡搬來的羅漢床上。

「叔父！怎麼回來得這麼晚啊！」

怪人咧嘴笑得快活。

「不可以這樣，羅漢，別隨便把別地方的備用物品搬進來。喏，點心的包裝紙要好好丟進字紙簍。還有，你成天淨喝果子露，要是得了齲齒我可不管。你沒有再直接對著瓶口喝飲料了吧？」

阿爹彎著腰開始撿包裝紙的模樣，該如何形容才好？

「好、好像老嬤子。」

身為大戶千金的姚兒道出此種感想，其他人的感想恐怕也大同小異。

由於阿爹開始勤快地收拾周圍的一片狼藉，怪人的部下或見習醫官也急忙開始撿垃圾。本來貓貓或許也該加入一起整理，但一靠近過去他恐怕又要鬧了，而且貓貓其實也不想幫忙，於是躲在柱子後頭觀望情勢。

「叔父！貓貓呢！貓貓在附近對吧！」

怪人抽動幾下鼻子。跟條狗似的。

「噁心死了……」

貓貓忍不住低聲說道。

「貓貓，妳現在的臉真的很嚇人，拜託別這樣好嗎？連我都有點嚇到了。」

被姚兒這麼一說，貓貓用指腹揉揉扭曲的嘴巴與眉頭的皺紋。即使如此，臉頰肌肉仍然在陣陣抽動。

「貓貓！讓貓貓出來！」

「你是怎麼了？我不是說過你再鬧就請人在晚膳裡放一堆胡蘿蔔嗎？今天讓你喝胡蘿蔔粥喔。」

先是方才的「好像老嬤子」的行為，接著又是這番話。有幾個人抱著肚子幾乎笑死。其他人則像是傷透腦筋般不知所措。

「吃粥就該吃滑蛋粥，叔父。先別說這了，貓貓，我今兒來是有正事找妳啦！」

「都躺在自己搬來的羅漢床上把點心吃得掉滿地了，還說談正事呢。」

阿爹一邊說著，一邊打開藥房的抽屜。他從抽屜裡取出齒木（牙刷），拿給了怪人軍師。似乎是想叫他去刷牙。

「我先聽聽你怎麼說。你這孩子一講到貓貓就不顧前後了。如果我聽了覺得能夠接受，我再讓你見貓貓。」

怪人軍師咬著齒木不住點頭。

交給阿爹處理應該就行了。貓貓拿起放在走廊上的籃子，裡頭裝著用過的繃帶。只希望事情能在她洗繃帶的期間談妥。

貓貓洗完繃帶開始晾曬時被叫去，所以算起來大概談了半個時辰。阿爹一臉疲倦地來找貓貓。

「結果太尉究竟有何貴幹？」

問這話的不是貓貓而是姚兒。

「這個嘛，他提了一件意外的事。」

「什麼樣的事？」

「再過不久就是東宮的亮相儀式了，說是屆時的國宴希望由貓貓去當他的試毒侍女。」

（他想去參加啊。）

據羅半所言，怪人軍師每逢遊園會等聚會總是藉故不去。就連以前貓貓試毒的那場遊園會，他都偷懶沒參加了。

「怎麼會選上我……」

貓貓很能夠理解怪人必定是四處結怨。可是，她著實沒想到怪人居然會指名要她。貓貓還以為他會說「怎麼可以服什麼毒」而不准她試毒呢。
「若只是尋常侍女還能推辭，但試毒侍女就不好回絕了，妳覺得呢？旁人可能是因為發生過食物中毒的關係，沒人反對他請人隨身試毒。」
「這要我如何是好？」
阿爹所說的不好回絕，等於是無法回絕。他這人說來說去就是不擅長拒絕別人。還有一件無關緊要的事，就是剛剛的對話讓阿爹得了個綽號叫「阿娘」。真是有夠無聊。
「可否問個問題？」
姚兒輕輕舉手。阿爹點頭請她儘管問。
「之前不是說貓貓與我在那場國宴上，要跟著巫女大人嗎？」
「是啊。不過，上頭是說兩人之中選一個。」
他們尚未決定是貓貓還是姚兒。作為巫女的試毒侍女，雙方預定各從自己的國人之中選出一人。由於是外國顯貴的關係，周圍會有許多侍從以及侍衛，能夠同席就算不錯了。
「那麼，貓貓，妳去吧。有我在就行了。」
姚兒語氣堅定地說道。
「請、請等一下。我不是也該有選擇的權利嗎？」
讓姚兒當試毒侍女，不知道燕燕會做出什麼事來。貓貓本來想自己來的。

「難得受到指名，妳還是接受比較好。最重要的是，假如隨便讓妳去待在巫女身邊，害得漢太尉在妳們附近亂晃可怎麼好？」

貓貓無話可說。

阿爹也沉默無語。

怪人旁若無人的態度在這國內雖已成為常態，但在異國巫女這般大人物面前可不能這樣亂來。就連去勢了的男人，都不被允許碰那位貴人一下了。

「貓貓……」

阿爹拍拍貓貓的肩膀。

「巫女大人就交給我吧。」

姚兒也拍拍貓貓的肩膀。

「請、請等一下。」

貓貓揮動雙手看著二人。

「抱歉了貓貓，這事妳無權拒絕。考慮到巫女大人的問題，無論如何都該由妳去跟著羅漢才行。否則會引發國交問題的。」

「話、話不是這樣說啊，阿爹，你再努力談談嘛。」

「辦不到。」

阿爹斬釘截鐵地這麼說，又拍了一次貓貓的肩膀。

十六話　國宴

時光的流逝並非平等。快樂的時光過得快，痛苦的時光過得慢。

而到國宴之前的時日也短得有如俗話說的「光陰似箭」。討厭的事情也總是來得特別快。

在貓貓的死乞百賴下，她當日可以盡量不用靠近怪人。姚兒不像貓貓，對於獨自擔負的職務充滿幹勁。她從數日起就住進了巫女的離宮。為了一同參加國宴，她要實際上與巫女一起攝取每日的膳食。

是巫女要求一定得如此，說是雖然在膳食上有做細微確認，但還是怕遺漏了什麼。

貓貓本來很想瞧瞧異國菜餚都吃些什麼，這一切都是那個怪人害的。

姚兒從沒做過試毒差事，貓貓在她住進離宮前好好地教導了她一番。姚兒好學不倦，把聽到的都仔細寫在簿本上，想必不會出任何差錯。

國宴當日，貓貓必須比平時提早半個時辰去當差。

（有夠不想去。）

至今她不知想了這個念頭多少遍。

貓貓拖拖拉拉地換上衣裳，見時辰快到了才慢慢走出自己的房間，結果碰上一張憔悴的臉孔。

「貓貓……」

「哦，好久不見了。」

貓貓在走廊上撞見了燕燕。她自從作為壬氏的貼身侍女出公差以來就沒回宿舍，都在其他地方飲食起居，不過……

（看來是缺乏姚兒成分。）

燕燕明顯一副疲憊的臉孔。眼睛顯得有些無神，嘴唇乾裂。搖搖晃晃的模樣讓人聯想到幽魂。

「貓貓……小姐呢？」

「呃，這個嘛——姚兒姑娘的話……」

貓貓一告訴她姚兒不在這裡，她立刻一副星星從天上掉下來砸在她頭上的表情。她頭暈不支地靠到牆上，就這樣像灘泥巴似的滑落到地板上。簡直像是灑了鹽的蛞蝓。

「妳還好嗎？」

雖然怎麼看都不好，但確認一下總是比較不失禮數。

「小、小姐……」

（她真的很喜歡姚兒耶。）

貓貓一邊用指尖戳戳燕燕，一邊思考該怎麼辦。她不想去當差，但又不願意因為一己之私而遲到，所以不能繼續陪燕燕混下去。

「妳是怎麼了？差事呢？妳今日一整天，不是都得跟著總管嗎？」

「嗚，嗚嗚。只有這種時候我才能溜出來啊……月君的侍女長管得太嚴了……」

「喔。」

貓貓恍然大悟。月君指的就是壬氏。壬氏自然有作為皇弟的名字，但只有皇上那般貴人才能直呼其名。因此眾人都用別種名號稱呼他。

而講到壬氏的侍女長，自然就是名喚水蓮的垂老侍女，此人相當不好惹。看來就連燕燕也無法輕易逃離水蓮的法眼。

「再不快點回去，怕不是又要挨罵了吧？」

「……妳說得對。沒關係，我只是想就近嗅嗅她的體香罷了。只是想幫她把頭髮梳好綰得漂漂亮亮的罷了。不管再怎麼光滑柔順，我都不想再給臭男人綰髮了……」

（把壬氏叫成臭男人……）

由此可見她對小姐是夠專情了。

竟然連壬氏的頭髮都交給她綰，可見水蓮相當欣賞她。附帶一提，貓貓在習慣了壬氏貼身侍女的差事時，有好幾次被叫去給他綰髮，但貓貓每次都以沒做過為由拒絕。

燕燕慢吞吞地站起來。她原本要慢慢騰騰地走回去，不過好像想起了什麼，回頭望向貓貓。

「對了，我還沒給妳回信呢。出於方才的理由，我連封書信都送不了，所以拖延了點時日。」

隨意進行書信往來可能被誤認為細作。燕燕現在這樣跑來就已經夠可疑了，假如受人懷疑，貓貓得幫她辯解才行。

「謝謝姑娘特地跑一趟。」

貓貓接過書信。因為燕燕似乎對婦人的疾病或美容方面的好藥知之甚詳，所以貓貓寫信問她。

打開書信一看，上頭寫得極其詳盡。雖然大多是貓貓知道的內容，但仍有幾種的效用連貓貓都是初次耳聞，令她大感佩服。

「……！」

貓貓的眼睛溜到了書信裡的一行上。

「呃……這是……」

貓貓留住步履蹣跚地正要回去的燕燕問道：

「關於雪蛤，這是真的嗎？」

「……是真的。」

「呃……妳是知道這事，才讓姚兒姑娘吃的？」

雖然貓貓也聽她說過，她是在「養育」姚兒。

「這是為了讓姚兒小姐出落成美人兒。」

燕燕一瞬間正色說道，隨即又回到空洞無神的狀態。

貓貓同情姚兒的同時，自己也去當差了。

貓貓不太清楚國宴之前的流程。聽說會進行類似祭祀的儀式，但步驟太多，坦白講她記不得了。最重要的是，儀式將在只有相關人士可以進入的地方舉行，她在那之前只需候命。明明只需候命卻得提早半個時辰跑來當差，讓她非常不能接受。

貓貓本來想慢慢欣賞尚藥局的藥櫃，可是一位醫官跑來叫她。還以為有什麼事，原來是跑腿。

「想請妳把這個送去給各位嬪妃。」

遊園會或者是國宴之類的節慶，對後宮的百花而言是難得的外出機會。因此即使是跑腿，恐怕也不能找個男人去辦。況且姚兒也不在，只能由貓貓跑一趟。

貓貓檢查一下東西，裡面是線香。尚藥局裡之所以有這種東西，是因為要用作醫療。它的煙具有除蟲效果，香味則能助人舒緩心靈。

「說是想要能代替蚊香的東西，因為普通蚊香煙霧太熏人了。」

一般所說的蚊香，都不是線香這般高雅的玩意兒，而是一個勁地猛燒具有除蟲效果的樹枝。雖然光是煙霧就多少有效，但的確很熏人。

「是哪位娘娘的任性要求？」

「妳知道的，就是那個來自異國的新進嬪妃啦。」

貓貓心想：「真意外。」

（都還沒給她好消息呢。）

就是關於巫女的祕密。

（巫女究竟有沒有生過孩子？）

結果可能還沒查明，巫女就回國了。

「聽說由於娘娘是砂歐出身，因此雖然是新人，但硬是在國宴裡得了個位子。別忘了也拿給其他嬪妃，還有給的順序別弄錯了。」

醫官細心地給了貓貓出席的嬪妃名單，又用地圖告訴她眾嬪妃所在的樓房位置。玉葉后自不待言，上級妃的梨花妃也會到場，另外除了愛凜妃還有兩位中級妃。

一旦弄錯順序，到時候可有得受了。

（不過話說回來……）

貓貓一邊覺得著實弄不懂砂歐的權力關係，一邊前去跑腿。

（愛凜逃亡外國，名喚姶良的女子是她的政敵，然後愛凜為了拉攏巫女又想抓到她的把柄……）

用貓貓的腦袋瓜子想，人物關係大概就這樣了。

說好奇是很好奇，但魯莽地探頭探腦，一個弄不好說不定會受牽連而丟掉腦袋。最好的法子就是閉嘴聽命行事，見情況太危險就快快抽身。

每位嬪妃都分配到了一間休憩房。只有玉葉后是在別處等候。以順序來說，從梨花妃開始送起最妥當，不過貓貓如果露臉可能不免要聊上幾句。

貓貓在梨花妃的休憩房前等認識的侍女過來。那些不像話的侍女都被請走了雖然很好，但留下的侍女見著貓貓照樣是沒來由地害怕，貓貓很希望她們別這樣。

她手腳迅速地把一份份線香送出去。

不久便來到愛凜的獨房門口。無意間，貓貓抽動鼻子。

（這是什麼味道？）

從屋外都能嗅到香料味。總之她先敲門再說。
「請進。」
由於聽到了獨特的發音應門，貓貓打開門。只見屋中僅有愛凜一人，沒有任何侍女在。
愛凜不知為何一直緊緊按著胸口。一靠近愛凜，奇妙的氣味便稍稍轉濃。
「小女子送蚊香來了。」
「謝謝。可以請妳就放在那兒麼？侍女正好不在。」
也許是去解手或什麼吧。那侍女跟著嬪妃有一半是為了監視，但這休憩房只有一小扇窗戶，門口就一個，外頭又有人警備。大概是覺得不會有問題吧。
「那麼，小女子告退……」
貓貓正要回去，卻被抓住了衣袖。
「有、有何吩咐？」
「妳也有去巫女大人那裡對吧？巫女大人的病情如何呢？」
（該如何回答才好？）
貓貓猶疑了一瞬間後，決定據實以答。
「大人一切安好，也未因舟車勞頓而疲累。關於病情，尚藥局這裡會仔細看診的，請娘娘放心。」

貓貓回答得太怕事，連自己都覺得好笑。這位嬪妃表面上是在關心巫女，其實是想抓住她的把柄。

（真會演戲。）

貓貓若不是受了委託，恐怕也會覺得她看起來像是真的擔心。

（臉色也不是很好呢。）

「娘娘是否身體不適？」

職業毛病又犯了。一不小心就問出口了。

愛凜睜圓了眼睛。

「哎呀，妳看我像是身體不適麼？一定是因為即將參加國宴，或許有些緊張吧。」

「只要娘娘覺得一切安好就好。」

貓貓沒理由刻意追問。

「……是呀，我沒事。」

愛凜像是自言自語般低喃，目光飄遠。不過也只是一瞬間而已，她旋即看向貓貓。

「謝謝妳。聽說妳在女官當中是最優秀的一位，我期待妳的表現呢。」

開始施加壓力了。因為兩人靠得很近的關係，氣味又變濃起來。

（說真的，這到底是什麼味道？）

貓貓一邊沉吟，一邊走出愛凜的房間。

（這種心中鬱悶的感覺是什麼？）

剛才的氣味也是，其他還有很多事情鬱結在貓貓心底，都是與砂歐有關的怪事。她應該已經收集到了許多可供推論答案的線索，但就是不能導出答案。或者說，她總覺得似乎少了幾塊通往答案的片段。

（換作是阿爹的話早已導出答案了。）

貓貓一邊對自己的不成熟輕輕嘆氣，一邊再次返回尚藥局。

誰都希望吃頓宴席可以輕鬆愉快，但達官貴人們的國宴就是無法這麼簡單。

房間中央擱著大長桌，左右擺滿椅子，前端跟一張大桌子相連。遠處坐著皇上、皇后與壬氏，以及身為貴賓的巫女。巫女蓋著一大塊頭紗以遮擋陽光。

還有其他國家的顯貴也來參加國宴，不過大多是屬國，所以招待方式也就是那個水準。其他眾人都在長桌旁以左右對稱的方式就座。座位排列與前次遊園會時相同，唯一不同的方式，就是能在室內坐椅子。

貓貓站在牆邊擺出一副「拜託快點結束」的表情。舉目四望，會看到只有皇上、貴賓與后妃等權貴安排了試毒人這種誇張的存在。

（這老傢伙哪裡需要什麼試毒？）

貓貓一邊覺得很想呸口水，一邊看著怪傢伙的背影。這個國家的軍師個頭中等，略為駝背，除了戴著單片眼鏡的三角眼之外沒什麼顯眼的特徵，就是個不起眼的男人。

真要說起來，軍師此一頭銜不過是掛名罷了。據說本來是官拜太尉，但貓貓不知道太尉是幹麼的。只是從他的席次看來，恐怕是高官顯爵。

（既然還得找人試毒，不參加不就得了？）

怪人軍師周圍的人也都是同一副表情。據說這個沒用的老傢伙一閒下來就會開始捉弄旁人取樂，讓大家很是困擾。之所以告假沒參加遊園會等等節慶都不會挨罵，想必是因為他在也只會礙事。

眼看著怪人似乎已經閒來無事，開始找坐在身旁貌似武官的男子講話。

貓貓一邊半睜著眼瞪他，一邊悄悄拉拉手上的布。布的前端連著一條長繩子，繩子另一端綁在怪人腳踝上。每次一拉，怪人就抖動一下。動完之後看看背後，露出莫名滿足的神情，然後挺直背脊。

這正是所謂的「繩」之以法。

雖然怪人每次都要回頭看她讓她非常不愉快，但沒奈何。守財奴羅半不只讓貓貓試毒，還給她多加了監視之責。當然貓貓本來無意從命，只因連阿爹都來拜託，加上羅半說下次會從貿易品裡挑珍貴藥品送她，她這才接下擔子。事情就是這樣，於是就成了所謂的給貓掛鈴鐺……非也，是給怪人綁繩子。

雖然覺得旁人好像都用異樣眼光看他們，不過那個怪人本來就常吸引異樣眼光，誰都沒說什麼，因此貓貓也決定公事公辦就好。

說是國宴，但並非冷不防就開始吃喝，還得先經過幾個開場才行。不同於屋外的遊園會，此番國宴沒有豪華的劍舞等表演，但是能夠聽見悠揚的樂曲，令人心曠神怡。曲調帶有些許異國風情，也許是以砂歐音樂為靈感。

「據說這是以巫女為主題寫的曲子。」

正巧來到附近的羅半悄聲告訴貓貓。

「是愛凜妃自己創作的曲子喔。雖然有專門樂師做了點潤飾，但還是很不錯吧？」

「你說愛凜妃？」

貓貓望向愛凜。那位異國女子待在中級妃的中間，瞇著眼睛聆聽樂曲。

「雖然兩人之間應該發生過不少事，不過娘娘似乎很感謝巫女喔。聽說娘娘還是見習巫女時，巫女曾細心教她各種學問。因為砂歐的結婚年齡比我們國內要小多了。」

貓貓有聽說過一點。說是砂歐女子還不到十歲就得嫁人。

「毫無學識就被嫁出去的女子，想逃跑都沒法子。」

「是啊。」

荔國也是一樣，女子無論夫君有多惡劣都無法逃走。就算逃走了也無法營生，最後甚至可能受騙上當而被賣進青樓。

貓貓認為無知是種罪過。但同時，也並不是所有人都能平等地求學。貓貓幸好有阿爹教她學問，否則早已在綠青館當娼妓了。

愛凜也是幸有巫女賦予她學問。不知愛凜是否會因此而感謝巫女無償地贈與她這一切。

（但她卻想抓住巫女的把柄，真是世風日下。）

貓貓長嘆一口氣。

軍師可能是對樂曲不感興趣，從懷裡掏出圍棋書開始看了起來，於是貓貓再次拉扯繩索。真心不明白皇上為何不把這男的處以絞刑算了。

一群達官貴人講些高官大祿的話，等話講完之後就開始用膳。壬氏背後有燕燕在。本來應該是想讓老嬤子水蓮跟著他的，但貼身侍女大多很年輕。即使老嬤子身體再硬朗，這種時候也會識相地把差事讓給燕燕吧。

（燕燕似乎是一路平步青雲呢。）

總覺得不能說事不關己。只是，燕燕的視線頻頻飄向旁邊。理由是如同壬氏有燕燕跟著，砂歐的巫女也有姚兒跟著。姚兒可能是心裡緊張，臉色有點糟。

燕燕今早行屍走肉般的空洞神情，如今稍微恢復了點元氣。但她似乎還沒脫離小姐成分不足的飢渴，東張西望著像在祈求國宴快快結束。她似乎也為了姚兒臉色不佳而感到擔心。

到頭來，明明是想培植醫官的貼身女官，大家卻全成了試毒侍女，讓貓貓感到很有意思。試毒差事本來都是由死不足惜的下人來做。姚兒好像是好人家的千金小姐，貓貓不禁有些擔心，覺得她的爹娘怎麼都沒反對。

（我是有教她如何試毒，但是……）

試毒這回事無論誰來做，會失敗的時候就是會失敗。有時會遇上新毒藥，有時則是效用發揮得較遲。

（到頭來，就是治得了病治不了命。）

總是如此。不過，貓貓認為既然都要死，她希望能中新型毒藥而死。如果可以，最好能先確認有何種毒性再斷氣，不知道這算不算奢求。

言歸正傳，就在貓貓想東想西之時，膳食端上來了。

貓貓希望能一切如常，試過毒之後一切就早早結束。

貓貓接過試毒用的小碟子，一邊被怪人軍師用纏人的目光端詳她吃東西的模樣，一邊作如此想。

氣。

開始用膳後，國宴很快就結束了。接著是宴客，貓貓不懂國宴與宴客的差異，就只能嘆氣。

他們似乎要換個地方，由少數幾人宴飲。姚兒與燕燕還得繼續當差，不過貓貓這下就盡完義務了。因此她正打算離開房間，丟開貓兒的鈴鐺……非也，是軍師的繩索時——

只聽見砰的一聲。貓貓轉頭看看怎麼了，發現一名女官倒在地上，正是姚兒。

「小姐！」

燕燕衝上前去，心急如焚地扶起姚兒。

貓貓把繩索一丟，靠近兩人。姚兒臉孔低垂，地板上滿是嘔吐物。

附近的一些女官開始大聲尖叫，好像在說當著達官貴人的面嘔吐成何體統，但問題不在那裡。

「小姐，小姐！」

貓貓打了搖晃姚兒的燕燕一巴掌。

「檢查她嘴裡有沒有留下穢物！要是塞在喉嚨裡，會窒息的。」

「——好。」

原本驚慌失措的燕燕，聽貓貓這麼說後將手指塞進姚兒嘴裡。她似乎還有呼吸，但渾身顫抖著按住肚子，瞳孔放大。

（姚兒倒下了就表示……）

巫女怎麼樣了？貓貓一看，巫女周遭已經聚集了一群人。與姚兒一起擔任試毒人的女子也臉色鐵青、站立不穩。女子摀著嘴往別處走去，巫女也離開了。

（巫女遭人下毒了。）

貓貓幫顫抖的姚兒穿起外衣。「小姐，小姐……」燕燕臉色鐵青，驚惶失措。

「水、鹽水，還有……」

不知道中了什麼毒時，當務之急是把胃裡的東西吐出來。貓貓拉開燕燕，打算給姚兒催吐。當她將手指塞進姚兒的嘴裡時，一位不便於行的老人過來了。

「貓貓、燕燕，讓我來。」

來者正是阿爹，手上拿著水瓶與桶子。另外還拿了氅衣，把它輕輕蓋在姚兒的腰上。若是出現腹痛與嘔吐病症，接著也很可能出現腹瀉症狀。阿爹這麼做是貼心，如此即使失禁也不易引人注目。

「妳應該以巫女為優先。這兒就交給我吧。」

說完，阿爹拾起貓貓丟掉的繩索拉了一拉。呆站原地的怪人軍師起了反應。

「可否請你去拿木炭來？可以的話，幫我用乳缽把它磨成粉。還有，我要請你安排房間，是要用來診治這孩子與巫女她們的。辦得到吧，羅漢？」

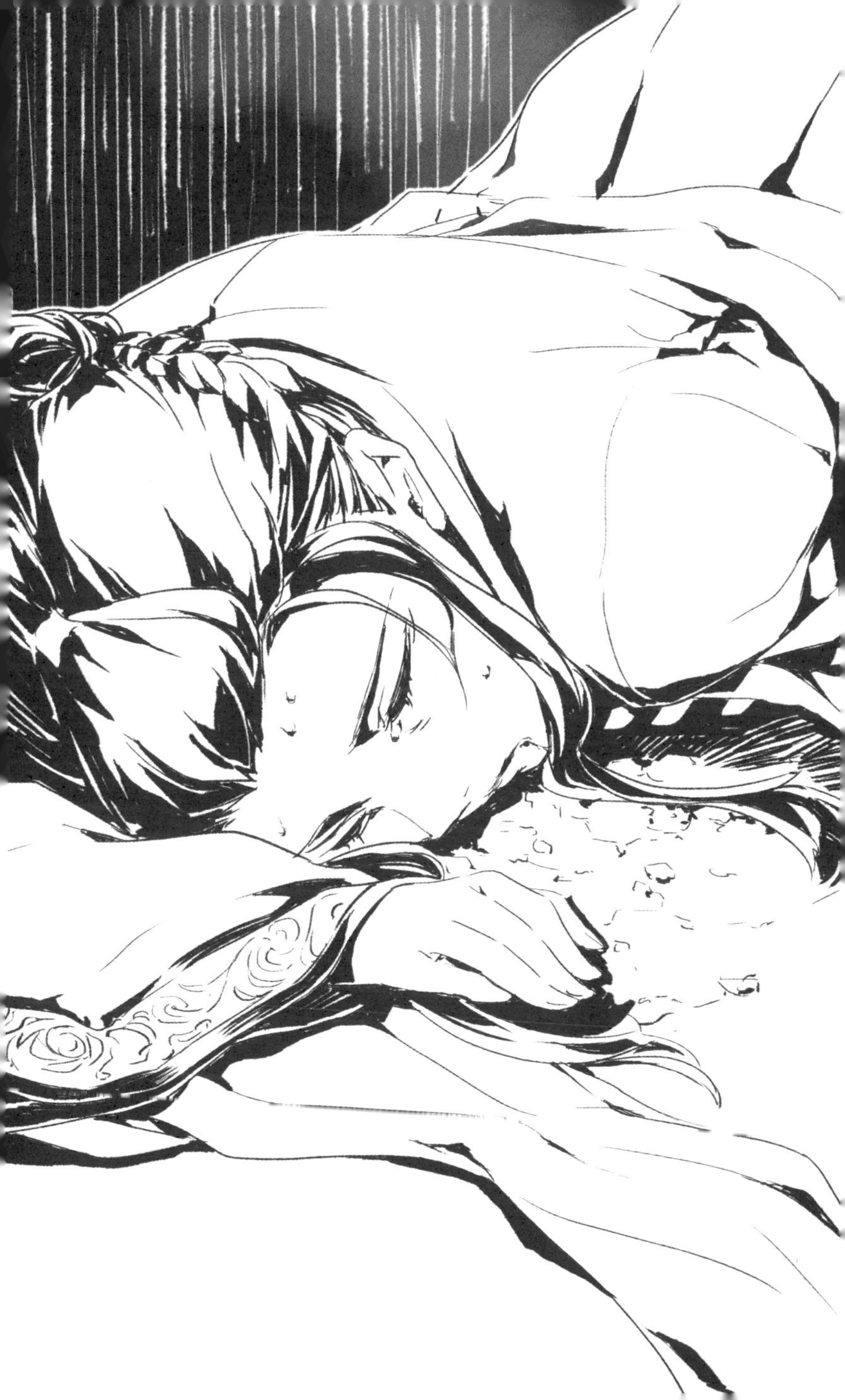

「行，叔父。我這就去準備。」

回話的雖是怪人，但展開行動的是周圍的部下們。與其由阿爹直接下令，讓怪人來說，動作會比較快。

「阿爹，姚兒就拜託你了喔。」

貓貓只留下這句話，就去找巫女她們了。

十七話　嫌犯

巫女她們進了緊急準備的房間。

巫女與另一位試毒侍女嘔吐不止。貓貓必須給她們喝鹽水，不斷讓她們把胃裡的東西嘔出來。同時，也讓她們服下木炭粉與瀉藥。雖然難吃，但這樣才能幫助腸胃清空。

巫女的身體狀況既然無法由阿爹來診治，就只能由貓貓負責。貓貓幫她們清空排泄掉腸胃裡的所有東西。她本來是想假如瀉藥無效，就要從肛門灌入藥液強行促進排泄，但巫女與試毒侍女想必都不會願意。幸好瀉藥有效，貓貓這才放下心。

此二人比起姚兒症狀似乎較輕，雖出現了中毒症狀，但意識清晰。

至於姚兒則是病情十分嚴重，燕燕拋下目前的主子壬氏，只顧著照料姚兒。壬氏也不是鐵石心腸，還沒狠心到會把她帶回去。

等到巫女的病情逐漸安定下來後，國宴翌日，壬氏來見貓貓了。雖然穿著比平時樸素，但還是一樣的美澤鑑人。身旁有已經復職的馬閃跟著。

貓貓跟昨日穿的是同一件衣裳而且沒有入浴，然而情況緊急，她沒多餘心思去考慮失不失禮。

「巫女病情如何？」

「已經安定下來了。症狀沒有姚兒……為她試毒的姑娘來得嚴重。」

見習醫官幫忙將姚兒的狀況逐一通報給貓貓知道。貓貓也將巫女的病情鉅細靡遺地告知見習醫官。要是發生什麼事情就要變成國交問題了，不能讓狀況再惡化下去。

壬氏之所以親自前來，想必也與這點有關。

「記得說是叫姚兒吧，就是燕燕的主人。」

「總管似乎相當中意燕燕，但還是請總管放了她吧。她太缺乏姚兒成分，都已經到了無生趣的地步了。」

在這當中，姚兒又發生那種事，可以想像燕燕一定十分著急。貓貓可能是稍微平靜了點，試著半開玩笑地說道。就算被人罵不得體也無所謂，不開點玩笑實在撐不過這個狀況。

「同僚遇到那種事，妳都不擔心嗎？」

「小女子還沒冷血到能不擔心。只是，小女子目前該做的是治療巫女大人，況且姚兒有養父看著。」

只要有阿爹看著，貓貓相信他會有辦法的。況且燕燕也學了點醫術皮毛，只要冷靜下來就能好好照料病人。貓貓沒必要拋下差事去照顧姚兒。

更何況現在要是巫女出事，將會發展成國家問題。只有這點非得避免不可。

「……對了，給巫女大人下毒的犯人查出來了嗎？」

聽說除了巫女身邊的一干人等之外，沒有人出現中毒症狀。

即使巫女撿回一命，有人想謀害她仍是不變的事實。既然如此，就得火速找出真凶並加以處刑，否則將引發無益的爭端。

壬氏露出難以言喻的神情，然後瞄了馬閃一眼。馬閃一邊做出難以捉摸的表情，一邊從懷裡取出一個布包。才在好奇裡面是什麼，原來是個小瓶子。打開一看，瓶內裝了粉末。

「這是……」

貓貓抽動鼻子。這氣味似乎在哪裡嗅過，而且就在最近這陣子。

「！」

貓貓一想起來，忍不住伸手去拿瓶子時，馬閃用布把它包覆了起來。

「妳似乎知道些什麼。」

「……這是抹香嗎？」

「正是。」

抹香乃是一種以植物製作的香料，其中一種材料稱為莽草。此種植物毒性甚強，常見的病症有嘔吐、腹痛與腹瀉等等。

「漢醫官說過此物有毒。」
「正是。與此番的病症完全吻合。」
攝取之後，只消數時辰就會引發中毒症狀。
「關於此種香料……」
壬氏神情嚴肅地看著貓貓。
「這是從愛凜妃那裡找到的。」
（果然……）
貓貓在國宴之前，將蚊香送去給了愛凜。這香味與當時嗅到的一模一樣。
姚兒、巫女與巫女的另一位試毒侍女當中，特別是姚兒的病情依然不樂觀。雖然一度恢復到平穩狀態，但又復發了。到現在過了三日，病情雖然穩定了不少，但今後會怎麼樣還很難說。
貓貓代替姚兒住進巫女的離宮照料巫女等人。說是這麼說，其實她們症狀輕微，住進離宮不過是為了以防萬一。
比起這事，更大的問題是被懷疑下毒之人。
（愛凜為何要這麼做？）

與巫女同樣出身於砂歐的女子，為何要對巫女下毒？不是要將巫女拉攏到自己的陣營嗎？抑或是她從一開始，就是為了此一目的而進入後宮？

巫女於她不是有恩嗎？

（雖然姑且把她當成嫌犯……）

證據是有的。聽說愛凜的懷裡藏了抹香，是愛凜的侍女於更衣之際發現，向上頭通報。愛凜在國宴將至時大量買進具有毒性的抹香，而且在國宴上的席次又因為同鄉的關係而鄰近巫女。最重要的是貓貓知道，愛凜並非一天十二時辰都有人監視。她在送線香過去時，愛凜身邊沒有任何侍女在。舉行國宴之際也有可能是趁隙在餐盤裡下了毒。

並非不可能。

看過了人證與狀況，如今愛凜正被捉去問話。

（必須即刻揪出犯人才行。）

否則會演變成國交問題。

（但如果犯人是同個國家的人……）

對荔國而言就省事多了，可以將毒殺巫女的責任推卸為砂歐的內鬥。如果犯人是愛凜的話，事情就簡單多了。

（這麼一來，羅半會變成怎樣？）

貓貓想起了那個滿腦子只有數字、熱愛美人的小矮子。一開始是羅半在糧食輸出或提供庇護的問題上，將愛凜引進了國內。那個工於計算的男子再怎麼樣應該也不會留下把柄被當成共犯，但想起來還是覺得不太舒服。

（也許背後有什麼祕密。）

最重要的是整件事對貓貓來說疑點太多，感覺很不痛快。

「巫女大人已經沒事嘞。」

第五日的早晨，侍從對貓貓說道。

「但小女子看巫女大人臉色還不太好。」

「心境問題罷嘞。畢竟對方是那位人士，心裡不可能舒坦的。」

（可想而知。）

先是在遙遠異國遭人索命，然後凶手又是同鄉。

「說得也是。雙方似乎認識？」

「……是。因為那幾位人士一直以來，都在努力成為巫女繼任人選。」

（跟聽說的一樣。）

「那丫頭跟堂姊妹始良，直到十二歲為止都住在一塊兒。」

侍從大嘆一口氣，就像在喟嘆事情的發展。

雖然好奇，但貓貓的身分不允許她繼續追問。

貓貓一邊作如此想，一邊說「我明白了」表示同意。

離開巫女的離宮後，已經有馬車前來接她了。貓貓直接坐上馬車，沒想到馬車上的人竟是阿爹。

「姚兒還好嗎？」

「目前還好。燕燕在看著她，我吩咐過她病情一有惡化就立刻通報我。」

說是姚兒的病情穩定下來後又轉趨惡化，然後又恢復成平穩狀態。雖然目前還必須留神照顧，不過阿爹會這樣過來迎接貓貓必然有其理由。結果正如她所料，阿爹看著外頭說道：

「咱們不回尚藥局。要去再後面一點的地方。」

比尚藥局更後面的地方，在宮廷裡是高官聚集的區域。貓貓猜得出來前往那裡的理由。

「……是為了國宴的事？」

貓貓照料過巫女與巫女的侍從，阿爹則是照料過姚兒，兩人都為中毒病患看過病。既然愛凜被視為嫌犯，貓貓他們被召去作證並不奇怪。

馬車經過尚藥局，前往目的地。也就是壬氏的宮殿。

「兩位請。」

水蓮禮貌周到地前來相迎。頭髮花白的垂老侍女一見著貓貓，偷偷咧嘴笑了一下。貓貓低頭向這位城府頗深的姥姥回禮。

在水蓮的帶路下，兩人來到房間，房裡有壬氏、馬閃以及羅半在場。矮個子眼鏡男似乎為了這次的事勞心焦思，嘴唇歪扭成了一團。

「要問的事你們都聽說了吧？」

壬氏向他們問道。也許是又在硬撐了，臉色有些憔悴。貓貓考慮著回去時或許該強迫他睡個覺。

「是否關於愛凜妃的事情？」

「知道就好談了。首先，我想聽聽羅門閣下怎麼說。」

眾人不講開場白，直接談正事。

「微臣只能說出關於醫官貼身女官姚兒的狀況。」

（他騙人。）

貓貓作如此想。不，其實不是騙人，但也不是真話。阿爹為人謹慎，正確來說應該是「只能說有明確根據的事」。阿爹就是那種不願以成見論事的人。

「姚兒的病狀十分嚴重，出現腹痛、嘔吐與腹瀉症狀，並且雖一度恢復至平穩狀態，但後來轉趨惡化，現在又穩定下來了。」

跟貓貓聽說的一樣。病症與抹香之毒吻合。只是症狀嚴重而且狀態曾經轉趨惡化，讓貓貓有些疑惑。

抹香的材料莽草具有毒性。此種毒物雖然有時能致人於死地，但毒性最強的是果實，香料材料則是樹葉或樹皮磨成的粉。要是吃下的份量大到病情如此嚴重……

（應該會發現才對呀。）

貓貓教過姚兒如何試毒，也告訴過她要嗅聞氣味做檢查。只是，姚兒在還沒試毒之前臉色就很糟，貓貓也在擔心她會不會是鼻塞。

然而阿爹的下一句話，讓貓貓心中的疑點得到了證實。

「竊以為毒藥是蕈毒，並非莽草之毒。」

聽到推翻前論的這句話，眾人啞然無言。他們叫阿爹過來，原本很可能是覺得罪證確鑿，只等著要定愛凜的罪。

「原來是這樣……」

貓貓不禁感到豁然開朗。蕈類毒素很多遠比莽草更毒，更何況症狀也很像。毒蕈聞起來或嘗起來的味道，姚兒恐怕就不知道了。

當眾人啞然無言時，羅半挺身向前。

「那麼，我們可以認為愛凜妃是被陷害了嗎？叔公！」

語氣聽起來欣喜萬分。這是當然的了，自己帶進來的人若是引發問題，羅半也難辭其咎。對這小矮子而言絕對不在計算之內。

「我只有說毒藥並非抹香。」

阿爹拐彎抹角的講話方式有時會讓旁人不耐煩。

「可否容小女子也說兩句？」

貓貓為了讓話題早點有進展，決定說出自己的意見。

她盡可能客觀陳述事實，不被阿爹的發言牽著走。

「關於巫女與另一位試毒侍女，腹痛與反胃的症狀都與姚兒相同。不過比起姚兒症狀相當輕微，大約三日就幾乎恢復健康。若是要假設為蕈毒的話有一個疑點，就是小女子感覺巫女等人服用的量過少，毒性發揮得也快了一點。」

蕈毒……從病症來看，讓貓貓想起了白鵝膏。那種毒素效用極強，而且發作時機較遲。可怕之處在於當毒性開始發作時，身體已經吸收了毒素，一度以為已經痊癒，卻又出現了下一種病症。貓貓並不認為阿爹的治療方法不好，但若是假設姚兒中的是蕈毒，就必須將情況設想得比莽草更嚴重。

貓貓也覺得那病症像是蕈毒，卻沒列入考量。理由是毒性必須等三個時辰（六小時）以上才會發作。當時試毒之後毒性很快就生效，以蕈毒而論太快了點。

（這一點阿爹應該也明白才是。）

但他卻做出如此發言，必定有他的理由在。是有某種藥品能加快毒性發作，還是他所說的並非白鵝膏，而是別種不同的蕈毒？或者是——

（在試毒之前就已經吃到了……）

……

貓貓不禁拍了一下桌子。

她怎麼會沒發現？她想起方才在巫女離宮裡的對話。

「壬總管。」

「何事？」

「愛凜妃為嫌犯一事，已經通報砂歐巫女了嗎？」

「我目前無意明白告訴她。不想引發她無謂的不安。」

沒錯，正是如此。可是在離宮，那侍從說過：

『心境問題罷嘞。畢竟對方是那位人士，心裡不可能舒坦的。』

『……是。因為那幾位人士一直以來，都在努力成為巫女繼任人選。』

貓貓在對話當中，以為巫女早已聽說過誰是嫌犯。由於貓貓已經聽說了消息，就一時以為對方也知情而沒有多想。

（巫女的侍從怎麼會已經知道此事？）

姚兒病情嚴重，巫女等人卻病症輕微的原因……再加上毒性生效的時間誤差，這下就有個解釋了。

「阿爹……我可以說出我的推論嗎？」

貓貓目光真摯地看著阿爹說道。阿爹露出為難的表情。

「妳能為妳說出口的話負責嗎？」

話一旦說出口，就不能收回。

「可是，有些時候就是非說不可啊。」

阿爹沉默無言。貓貓將這視為同意。

「妳似乎有些看法？」

「是。雖然不過是一種推論罷了。」

這種講法也許是在為自己留後路。可是，貓貓也沒那麼大的自信敢斷言。

「竊以為下毒之人並非愛凜妃。」

「妳有何根據？」

壬氏並未輕易採信，而是要求她做解釋。羅半與馬閃也看向貓貓。

「這是因為假設毒藥真如阿爹……不，真如漢醫官所說的是蕈毒，那麼愛凜妃很難有機會下毒。」

從毒性開始生效的時辰來想，假若是白鶴膏一類，必須在國宴之前下毒。愛凜離開後宮後一直受到監視。侍女雖然有段時間沒有盯著她，但她出不了房間，身邊也沒有自己人。要在國宴之前下毒是不可能的。

「那麼，妳說是誰在國宴之前下的毒？」

「回總管，若要下毒必須在離宮之內。」

姚兒從數日前就在離宮與巫女她們一起攝取相同的膳食。想成待在離宮時已經吃下毒物比較合理，這麼一來下毒的人就是……

「所以必須是巫女侍從中的某一人。換言之就是自導自演。」

「！」

眾人皆一臉驚愕時，只有阿爹表情不變。恐怕阿爹也是同一個想法。但他不會輕易說出自己的臆測，這就是阿爹的作風。

若是自導自演，那麼姚兒以外的二人病症輕微的原因就說得通了。只有姚兒一人服毒，其餘二人不是在演戲，就是服用了效用較輕的別種毒物。這樣一來，就能解釋那侍從為何知道她不該知道的嫌犯名字。

假若是自導自演，目的是要構陷愛凜，而雙方又是舊識的話，應該知道愛凜常用的抹香毒性近似於毒蕈。

不能用臆測論事，貓貓明白阿爹的教誨。但是，貓貓也是有脾氣的。

（為何要把姚兒扯進來！）

姚兒病症越嚴重，毒殺的衝擊性就越強。所以姚兒是被利用了。她雖然有些心高氣傲，但本性是個誠懇而勤學的姑娘。

貓貓雖不到燕燕那樣，但也會為了姚兒忿忿不平。

貓貓這時才發現手已經開始發麻，於是回想一下自己說話時是否不夠冷靜。她看看旁人，只見阿爹依然沉默無言，壬氏等人則是愣在原地。

「我問妳一個問題。」

第一個開口的是馬閃。他在這種時候反應很快。

「巫女有何理由要陷害愛凜妃？」

「關於這點，微臣有點頭緒。」

羅半舉手代替貓貓回答。

「愛凜妃曾經找微臣說過，巫女有可能生過孩子，而那孩子也許就是白娘娘。因此我拜託過貓貓去調查巫女是否為經產婦。」

若是沒有作為巫女的資格，巫女的地位就會遭到褫奪。甚至還可能受罰。

「巫女可能是白娘娘的母親……這還真是驚天動地。」

這麼想來，逃亡至茘國的理由，除了政敵的存在以外，也可能是因為不慎握有巫女的部分祕密。

而巫女來到茘國的理由也是。

「可以猜測她是為了封口。」

羅半的發言讓貓貓覺得有哪裡不對勁。

說也奇怪，照理來講這樣推測應該很合理，但總覺得好像還有些蹊蹺，讓她很不痛快。

貓貓看向阿爹。

阿爹只是沉默地坐著，不置可否。

十八話　男女心計

「妳不跟羅門大人回去嗎？」

壬氏向留在房裡燒水的貓貓問道。

「因為我看壬總管的氣色不太好。總管幾天晚上沒睡了？」

貓貓用問題回答問題，並端一碗幫助睡眠的藥湯給他。羅半跟羅門一道回去了，馬閃去送客。

「孤沒熬夜。」

「小女子換個問法。總管這數日來總共睡了幾個時辰？」

壬氏彎曲手指，然而似乎無法數到超過一隻手。壬氏一邊明顯地歪扭著臉，一邊開始喝藥湯。

「明日還要早起嗎？」

「不用，總算告一段落了。應該說，孤今日才好不容易能回宮裡來。」

真是辛苦了。

「水蓮侍女長會擔心您的。」

「妳就不擔心孤嗎？」

壬氏把嘴湊到茶碗邊說道。見他把衣服前襟拉鬆，貓貓找找看寢衣放在哪裡。幸運的是正好水蓮過來了，但她把寢衣交給貓貓之後就立刻離開了房間。

（意思是要我幫他換？）

貓貓以前在壬氏底下當差時，曾經心不甘情不願地幫他更衣過。坦白講，貓貓認為這種事他自己可以做，但壬氏卻覺得讓人來幫忙是基本，雙方在這點上沒有交集。然而畢竟身分立場不同，只能由貓貓讓步。

壬氏把衣服啪沙一聲落到地上的同時，貓貓幫他披起寢衣，然後把衣帶拿給他，輕輕打個結後拾起地上的衣物。

「總管也讓燕燕幫忙做這些？」

貓貓敬謝不敏地說道。

「不，孤可沒讓她做這個。」

「但好像讓她幫您綰髮呢。」

貓貓本以為既然頭髮都讓她綰了，更衣應該也會叫她幫忙。

「孤是讓她來綰，但自始至終可都有水蓮監視著啊。」

「是這樣嗎？」

「是啊，以免她從背後捅孤一刀。」

「怎……」

貓貓本來想說「怎麼可能」，但作罷了。陷入小姐缺乏症的燕燕，或許是有可能做出傻事。

「水蓮保護孤過了頭，也不曾讓孤與她在房裡獨處。」

可是，此時此刻，壬氏與貓貓卻在房裡兩人獨處。

「……」

「水蓮很欣賞妳喔。」

「欣賞小女子也沒用啊。」

對貓貓而言半點甜頭也沒有。水蓮欣賞貓貓，能帶來什麼好處？

貓貓正想把喝完的茶碗端走，卻被壬氏用力抓住了手腕。

「妳總是想把話扯開。」

「小女子不懂總管的意思。」

再繼續待在房裡會有危險。貓貓很想早早開溜，但壬氏不肯放手。

「水蓮在催孤早日娶妃，好減少她的差事。」

「原來是這樣呀。」

貓貓徹底當作事不關己。

但是，這樣做卻惹得壬氏不高興。

「妳明知孤想說什麼，怎麼還能裝作若無其事？妳就這麼不想與孤扯上關係嗎？」

「是……」

貓貓不慎脫口而出，趕緊摀住嘴也來不及了。

「妳是不是差點就立刻回答了？」

「請別放在心上。」

壬氏開始半睜著眼。眼睛底下冒出了淡淡的黑眼圈。

（何必費心理會我，快去睡覺就是了。）

都這麼累了，貓貓很想叫他趕快去睡覺。

可是，壬氏張口說道：

「妳就是這樣才會讓羅門大人操心。孤也有點能體會軍師大人的心情。」

「……」

貓貓火氣來了。

壬氏大概也累了。畢竟連怨言都講不得，積了一肚子怨氣又睡眠不足。

換作平素的話壬氏會更小心，不會說出口。但他卻說出了那個不該說的名字。

然而軍師是令人生氣，但對現在的貓貓而言，「羅門」這個名字更是激怒了她。

今天貓貓難得對羅門起了反感。然後壬氏又那壺不開提那壺。

不只壬氏，或許這幾日下來，貓貓也累了。

她忍不住爆發了火氣。

「壬總管。壬總管常常講我話總是說一半，但壬總管有資格講我嗎？您才是老是要我從您的言行舉止中舉一反三吧？啥？舉一反三？揣摩心思？噢，我想起來了。您就跟青樓裡的很多客人一樣。有話不直說，一副『看我的背影就知道了吧』的態度。讓我想起有個窩囊的男人不敢直率地向心儀的姑娘表白，自以為跟女人有了點情意就放心了，連封書信或什麼都不給，結果被別的情郎一出手就搶去了。被拋棄之後才來青樓一邊吃酒，一邊跟娼妓抱怨。早知如此，一開始就跟對方坦率表白不就得了？明明白白地講清楚，別讓對方不安就好了啊。」

貓貓一口氣把話說完。真難得，連貓貓都驚訝於自己嘴裡能一次冒出這麼多話來。

壬氏原本也在吃驚，但表情隨即一變。他下床站起來，俯視著貓貓。

（糟、糟了。）

該怎麼辦才好？或許這就是所謂的互相抬槓吧。

「孤明明白白講清楚就是了吧？孤若是說了，妳就會認真聽孤說話嗎？孤可是聽見了喔，妳不許反悔！絕對！孤現在就說給妳聽，不許摀起耳朵，聽清楚了！」

壬氏馬上抓住貓貓想摀住耳朵的雙手。

壬氏停頓了一個呼吸之後，露出有些羞赧的神情看著貓貓。

「妳……不，貓貓！妳給孤聽清楚了！孤要娶妳為妻。」

他說出口了。竟然對著貓貓說出口了。

對貓貓而言等於是被人宣判死刑。

壬氏至今的曖昧言行，換個說法其實是給貓貓留條生路。一旦把話說清楚，從壬氏與貓貓的身分地位來看就成了命令。貓貓不能不從。

相較於壬氏的臉龐微微飛紅，貓貓的臉則是稍稍發青。

「能否請仙人降臨，把時光倒流回去？」

「喂，妳腦袋裡想的都說出來了。」

壬氏害臊地略為別開目光，但還不肯放開貓貓的兩隻手腕。一種難以言喻的氣氛流過二人之間。

「話雖如此……」

壬氏長嘆一口氣。

「照目前的狀況，如同妳以前說過的，是會留下後患。孤認為那非妳所願。」
壬氏喝點床前水瓶裡的水，像是要冷卻發燙的臉。
「孤定會讓狀況變得令妳滿意。做好覺悟吧。」
壬氏只留下這句話，就鑽進被窩裡去了。
「孤絕不會讓事情演變成妳害怕的狀況。」
細微的鼾聲傳來。
（我害怕的事……）
貓貓想起玉葉后的容顏。
（壬總管恐怕不知道吧。）
不知道壬氏的身世真相。
（玉葉娘娘不知又是如何？）
還有皇上對壬氏的真意是？
關於阿多呢？
（知道太多不是件好事。）
壬氏是否清楚真相，而且會選擇貓貓能夠接受的手段？不能只有貓貓，他能讓狀況發展成令眾人無話可說嗎？

（那怎麼可能。）

眾人都能心服口服的大同世界絕非一蹴可幾。身分地位越是崇高，這個目標就越困難。

貓貓一邊搖頭一邊準備離開房間。水蓮神情一團和氣地待在房門口，不知為何還翹起了大拇指。

貓貓只能一邊瞪著老嬤嬤一邊從她身邊走過。

十九話　真相的真相

後來過了數日，壬氏沒給貓貓什麼消息，日子就這麼過去了。

貓貓不認為自己的說法絕對正確。但是，她認為自己當時反駁阿爹而說的話並沒有錯。

然而，巫女毒殺未遂案仍然以愛凜為嫌犯，繼續調查下去。

說是盤問愛凜之後，她就招了。理由是她並非自願來到這個國家，卻被迫如此。主因之一是她對巫女心懷怨恨。她一輩子都在接受巫女候補的教育，原本是要成為巫女的。這機會卻因為有人一直霸占巫女之位而沒了。

既然她都一邊怨怪巫女與茘國一邊招認了，誰都覺得她是自暴自棄而衝動犯案。

（再加上對皇上的不滿，給人的印象就糟透了。）

事情變成是膚淺的異國女子，出於恨意而襲擊巫女。

就當成是這樣，對大家都好。

「開什麼玩笑……」

貓貓不禁對過來告訴她的羅半不屑地說道。由於這不是能派差役解決的事情，因此羅半把貓貓叫了出來，直接將這事告訴她。而且還特地佯裝成請她送藥過來。

「跟我說也沒用啊。」

羅半一邊服用胃藥一邊說道。貓貓這時候才開始驚訝，原來像他這種人也會把自己搞到胃痛。

「我當然也覺得奇怪。因為愛凛妃明明告訴過我她很仰慕巫女，事到如今卻又說她恨巫女。」

羅半一面搖頭，一面深深嘆氣。

「對了，那個名叫姚兒的女官怎麼樣了？」

畢竟事情是自己提出來的，羅半對姚兒似乎也感到內疚。

「應該是已無大礙了，但可能會有後遺症。」

姚兒在阿爹與燕燕的照料下恢復了不少。只是尚未完全康復，而且沮喪地說「我都不知道飯裡有毒，竟然就吃下去了」。貓貓本來想說「毒蕈其實意外地美味，沒吃出來是當然的」，不過阿爹委婉地阻止了她。說是安慰不到人，只會適得其反。

貓貓每日會去為巫女看診一次，但坦白講，她不知道自己有沒有把表情隱藏好。

假如巫女是裝病的話，貓貓根本不需要問她哪裡不舒服，而且那就表示巫女是構陷愛凛的共犯。

明明有時間會見巫女卻不能把這事問清楚，讓貓貓很不甘心。

畢竟貓貓說過的話不過是推測，沒有明確的證據。巫女如果是為了陷害愛凜而特地遠遊外國，她究竟有什麼把柄握在愛凜手上？明明這麼做後患無窮。

「那個女人到底握有巫女的什麼把柄啊……」

「我還以為她們關係良好咧。雖然愛凜娘娘的確曾經試著抓住巫女的把柄，但我看她對巫女並沒有不好的印象，反倒像是很尊敬巫女啊。」

羅半一面將手肘支在桌上，一面喝水。貓貓好像這時才想起來似的說：「不先吃點東西會傷胃喔。」羅半一臉不服氣地從架子上拿出點心。點心是芋泥包子，貓貓問：「沒有肉包嗎？」得到的回答是：「沒有。」真沒意思。

不得已，貓貓擅自搶芋泥包子吃，一邊繼續說：

「要是關係良好，哪裡會搞成現在這樣？」

「至少愛凜妃應該是很敬慕巫女的，否則怎麼會說出那種供詞？假設是冤罪的話。」

「……這倒也是。」

「明明都說了她如果要為自己辯解我們會聽，她卻擺明了一副自暴自棄的樣子……演技可真好。」

看樣子羅半相信愛凜是無辜的。

雖然愛凜是一邊惡罵巫女一邊承認罪狀的，但反過來說就是自願揹黑鍋。

「關於愛凜與巫女的關係，你聽她說了多少？」

「就跟我上次說的一樣啊。愛凜娘娘作為巫女的繼任人選，在巫女身邊學習了大約五年的禮儀規範。據說見習巫女直至今日都是住在宮裡，直到月事來臨、失去巫女資格才會退宮。本來當她離開巫女的宮殿時，就得成親了。但愛凜妃說什麼也不肯，就與堂姊妹一同尋求任人唯賢的祖父保護。在巫女那裡學到的知識似乎大大派上了用場。」

於是時來運轉，就當上了使節嗎？難怪兩名女輩居然能出使異國，看來果然是吃過了許多的苦。

倘若愛凜在當見習巫女時得知了嬰兒的存在，或者是隱約有所感覺——

「照常理來想，不是應該更早揭發嗎？」

「揭發什麼？」

「嬰兒啊，巫女的經產婦嫌疑。」

不一定是要掌握把柄，難道以前不會因為好奇而調查看看嗎？

「假如從見習巫女時期就覺得奇怪，現在才想揭發不覺得不自然嗎？」

「的確。」

羅半可能因為對美女容易心軟，思維似乎變遲鈍了些。他把眼鏡往上推推陷入沉思。

「那麼，這樣想會不會比較合理？」
羅半雙臂抱胸，闔起眼睛。
「其實調查巫女有沒有孩子不過是藉口。」
「來這招啊。」
羅半有些時候雖然少根筋，但頭腦聰明。只要把思維切換過來，理解速度會很快。
「她這樣說只是唬人，其實背後藏著更大的祕密。而這形成了陷入目前事態的原因。」
「經你這麼一說，是還算說得通。」
問題是藏了什麼祕密。
貓貓與羅半發出呻吟。
「要是阿爹在這兒就好了。」
「叔公的確有可能知道些什麼……只是就算知道，搞不好也不肯說。」
阿爹一直顯出一副心有疑慮的神情，也許是知道一些貓貓沒察覺的事情。或許是已經猜出幾分，但終究只是猜測所以沒說出口。
貓貓又開始覺得心中鬱結了。
「巫女那邊也是，要是能讓叔公去看診該有多好，搞不好能看出些什麼。」
「抱歉喔，都怪我醫術未精。」

貓貓酸溜溜地回嘴。不過貓貓也覺得雖說阿爹是男人，但讓宦官碰到又不會怎樣。

「……」

「怎麼了？」

「宦官。」

貓貓按住了額頭。四處散落的答案片段還有很多沒拼起來。貓貓如今想起了這些片段。

貓貓取出收在懷裡的簿本。簿本裡寫著她向巫女問診時做的筆記。除此之外，國宴前請燕燕寫下的書信也夾在裡頭。

「這是？」

「巫女常吃的食材。都是對婦人病有療效，換句話說就是能補陰的食物，這裡寫著它們的功效。」

同時也是醫官老先生以前服用過的藥材。起初貓貓以為他一臉排斥是因為味道噁心，但看了寫在上頭的功效之後只能苦笑。

「……貓貓，我看妳才需要吃一點吧？」

看過功效之後，羅半挖苦地說道。

「是是是，繼續談正事吧。把宦官的特徵說來聽聽。」

「妳對我這兄長的態度很差耶。好啦好啦，小的知道了，說就是了吧。陽氣衰減、毛髮

變得稀薄，還有嗓音會變尖吧。」

「另外還有隨著年齡增長會容易發胖，然後一口氣老化。你看看阿爹應該就知道了。除此之外還有個特徵。」

羅半興味盎然地看著貓貓，想知道答案。

「若是在還未發育為男性之前就去勢的話，這人不會變聲，也不會長體毛。而且，由於少了與成長相關的陽氣，因此手腳會生得特別長。」

「我從沒仔細端詳過巫女，但妳的意思難道是——」

「巫女以女子而言個頭較高，手腳修長，這數年間開始發胖。而女子因陰虛而罹患的疾病，也與宦官一些疾病的病症相似。」

就特徵而論全都吻合。

「喂，且慢。妳總不至於連宦官與女性都分不清吧？好歹應該確認過上半身了……啊，該不會是！」

他似乎想起了方才看到的藥材功效。

「是呀，巫女的確有胸部。」

貓貓酸溜溜地說，拿出了方才的簿本。燕燕給她的書信上寫到了藥效，而其中也提及了雪蛤。

『雪蛤　美肌養顏。營養豐富，可滋補強身。唯多食則恐致胸部肥大』。

燕燕都是讓姚兒吃這種食材，難怪姚兒發育得那麼好。貓貓想起燕燕曾驕傲地說小姐是她養育出來的。

老醫官苦笑的原因說不定也是這個。一旦吃多了，分明是**男子**卻得到了豐胸效果，那可不是開玩笑的。

「畢竟想分辨是男是女，首先都會看胸部。要是能從肚臍位置察覺到就好了。」

由於巫女體態豐腴，即使覺得奇怪可能也很難察覺。就連熟知男女裸體的貓貓都這樣了，姚兒或燕燕都沒起疑可說理所當然。

之所以連宦官都不許靠近，是因為宦官的身體特徵反而與她比較接近。她怕會穿幫。

從一開始就全都設計好了。

『調查巫女是否為經產婦』。

一旦有了這個念頭，就不會想到巫女是去勢的男子。

（搞砸了。）

完全上當了。阿爹之所以一副難以言喻的神情，想必也是聽貓貓說出巫女的身體特徵而思及此一可能性。他若是直接為巫女看診過，一定已經說出口了。

「換句話說，假如這就是巫女想隱瞞的祕密……」

那可是天大的把柄。

「不，可是且慢。就算真是如此，她有必要現在跑來把已經成了外國嬪妃的女子封口嗎？還用這麼複雜的手段……」

「關於這點……」

巫女並非女子。倘若此一假設成立，恐怕還有一些前提也會被推翻。

假若巫女將罪誣賴到愛凜頭上……不，毋寧說是愛凜自願揹黑鍋的話，這麼一來，卻不知道她為何要揹黑鍋。愛凜揹黑鍋，能從中獲利的反而是茘國。

「……假如巫女殺害了我國的人民，事情會如何發展？」

「畢竟巫女代表了國家的顏面，一個弄不好恐怕要開戰了。如今愛凜娘娘招認，的確對雙方都有好處。」

「也就是說凶手若是愛凜，就不會惹禍？」

「雖然也不能這麼說，但不至於要開戰。只是對砂歐那邊，我國恐怕得要讓步。」

不用開戰，對鄰近大國又能擺架子。

貓貓聽得腦袋打結，但還是得靜下心來整理清楚才行。不妨先從巫女的性別來想想。

「假若巫女在砂歐被發現是男兒身，會怎麼樣？」

「假若我國的皇上其實是女兒身的話會怎麼樣？」

羅半用問題回答她的問題。真是個傻問題，首先從前提就可以說絕無可能。茘國至今沒有過任何一代女皇。沒錯，先帝的母后「女皇」終究不過是個通稱，頭銜依然是皇太后。

假如是偽裝性別而登基，不只本人得受罰，事情甚至會撼動社稷的威信。

「以砂歐來說，巫女與國王是政事的兩大支柱。若是能變成一個，必定會如了某些人的意。縱然巫女的繼任人選已經確定，也會威信掃地。好不容易在白子巫女時代建立起來的一切全都會瓦解。」

當今巫女的即位期間很長。多虧於此，女子在砂歐有了更強的發言權。然而，如果巫女被發現是男兒身，一切都會從根基遭到推翻。

愛凜是因為受過巫女提供的教育才能避開不如願的婚姻，身為女子卻能當上使節，她對於這件事會作何感想？

「假若巫女的政敵，例如國王或國王的相干人等循線發現了此一祕密……巫女遲早會遭人揭穿。因此，巫女才會反常地遠遊外國。」

貓貓說出口做確認。

「遠遊我國的理由，是為了不讓國王等人發現自己的真面目——」

為了前往再也不用擔心穿幫的地方，待在他們伸手不及的地方。為了不留下證據。

貓貓按住額頭。不，不會吧，這有可能嗎？貓貓不禁咬牙切齒。但是，從巫女至今的行

徑來想，這個理論最合理。

「為了自盡。」

貓貓終於說出了可怕的推測。

二十話　蕈菇粥

風中的溼氣越來越重。此地的氣溫明明比習慣了的氣候要涼爽許多，溼黏的感覺卻難以習慣。只是，即使待在屋宇裡也知道，外頭的日光很弱。散步的時間比平時的生活稍微長一點，是件可喜之事。

她心想這幾個月來，自己不知道做了多少危險的事。自己一直窩在屋裡，每天只是過著受人崇敬的生活。自己已經習慣了受人敬拜，這成了理所當然，但同時也枯燥無趣。只要有人想要這個地位，自己隨時可以讓位。自身的存在卻一再奪走這個機會。

她長久以來被人喚作「巫女」，連自己的名字都忘了。若是讓出了位子，現在一定會為了取名字而困擾。

總算要結束了。

如今她只是過著堪稱緩慢的時間，覺得這段時間正是最後的寬限。

掛起了重重帷幔的房間裡，傳來衣物的窸窣聲。還以為是誰，只見一個小姑娘露出半張臉來偷看。姑娘名喚佳絲古爾，意思是「春花」。這姑娘是在大約一年前被帶來的，據說生來就是個啞子。

佳絲古爾是在何種經歷下來到她這兒的，若是追問就太不知趣了。小姑娘雖然生得可愛端正，但手腳細瘦得一看就知道沒好好吃飯。聽說她不識字但耳朵聽得見，所以知道巫女在說什麼。目不識丁反而比較方便。

巫女一招手，佳絲古爾就開開心心地靠近過來。今日不會有客人上門。這數日來巫女都臥病在床，沒有陪佳絲古爾玩。這會得陪陪她才行。

看到小姑娘開心地靠近，巫女對她微笑。巫女慢慢下床，到房間角落拿些用具過來，其中包括塗料。巫女以指尖沾起紅色塗料，幫小姑娘塗在額頭上，把原有的刺青描得更加分明。佳絲古爾顯得很高興，任由巫女為她塗臉。

不知是因為無法跟別人對話，抑或是沒有學問，佳絲古爾的神態比外貌還要更稚氣些。

巫女幫佳絲古爾塗好一副紅色妝容後，拿出了羊皮紙，在桌上擺好染料，把游禽的羽毛交給她。

「妳今天作了什麼夢？」

巫女一問，佳絲古爾開始用不靈活的筆觸畫畫。她不能說話也不會寫字，只能用畫畫傳達心意。

佳絲古爾一開始畫畫就會非常專心。只是，她不能一直待在巫女的房間裡。再過不久就要用膳了。

「妳回房間去吧。」

巫女將紙與染料整理起來拿給佳絲古爾。由於羊皮紙體積大，佳絲古爾沒能接好，弄掉了幾張。她一邊撿紙一邊抬眼望著巫女，露出還想跟巫女再多待一會的眼神，但無可奈何。

巫女比平時更輕柔地摸摸她的頭。

「我不能永遠跟妳待在一起。妳可以一個人畫畫吧？」

看到佳絲古爾點了個頭，巫女面露微笑。

等佳絲古爾離開房間後過了一會，膚色淺黑的侍從過來了。巫女都稱她為「巫覡」。巫覡，意義與「巫女」相差無幾。她想必也與巫女一樣是忘了自己名字的人。繼承了前任巫覡的地位，已經在巫女身邊侍奉了將近二十年。

「巫女」本來指的是「神子」。

巫女想起前任巫覡說過的話。既然是侍奉「神子」之人，「巫覡」會是一個適當的稱呼。因為巫師的使命就是聽取神的聲音。

漸漸到了最後「神子」就被改稱為「巫女」。不知是因為只有女子獲選，抑或是變得只有女子獲選，何者為是已經不可考。

巫女也曾以為自己是「巫女」的適任人選。

巫女在幼時受到前任巫覡發掘，還不懂事就被領養，深居宮中長大。

巫覡說她很特別。她有著白髮、白膚與紅眼。巫覡說正因為她缺乏色彩，才能聽見神的聲音。

自己的一舉一動全成了占卜，由巫覡來解讀。

白巫女的占卜神準。自己是連國王都得禮讓三分的唯一一人……不，或許不能稱之為人，而是被當成神明穩坐深宮。

巫女不需要學問，存在本身就是至高的存在。每一代巫覡從來不教巫女學問。然而，這次把巫女養大的巫覡卻是個奇人。巫覡讓巫女讀書，教巫女識字。

即使如此，巫女終究還是不經世故。

「巫女」必須在初潮來臨時退位。如果她不再是「巫女」，那會變成什麼？巫女一直無從想像，就這麼過了十歲，又過了十五歲。

初潮因個人而異，聽聞歷代「巫女」當中也有人從未來臨。因此這並不稀奇，巫女以為只要繼續做「巫女」就行了。只是自己的身體除了初潮不來之外還有些地方異於他人，著實無法視若無睹。

巫女完全沒有成長得像個女子。乳房也沒有膨脹，只有個頭與手腳拉長。不管再怎麼不經世故，好歹也知道男女之別。向巫覡一問之下，得到的回答是「因為您很特別」。雖然得到了這個答案，巫覡後來卻開始讓巫女吃平時吃不慣的食材。胸部是膨脹了，初潮卻依然不來。

日月在一無所知、懵懵懂懂之中流逝。也許是身為巫女的知名度提升了，前來問卜的人越來越多。巫女在占卜時可以做自己喜歡做的事，只是被吩咐不可發出聲音。一切皆由巫覡代為解釋。

巫覡到了巫女年過二十時也弄壞了身體。其實是壽命到了，但沒見過他人死亡的巫女不太能理解那種概念。於是現在的巫覡代替病弱的巫覡前來。她是巫覡的孫女。

老巫覡對巫女說了。說出巫女為何初潮不來，身形又為何不像女子。

當年巫女在一個小村莊裡誕生。村莊在多為砂土大地的砂歐當中，是個綠意盎然的特別之地。那村莊是為隱退「巫女」準備的歸宿，村裡很多人都流有歷代「巫女」的血統。

想必過去也有過白色的「巫女」。巫女就是在那裡誕生的。

生為**男兒**。

巫女以為巫覡在說笑。以為巫覡在拿什麼不好笑的事挖苦自己。

然而，巫覡用沙啞的聲音繼續說下去。

當時的國王是個心粗氣浮的君主。砂歐是作為貿易樞紐之地而繁榮，國王卻說要向他國

發動戰爭。朝臣努力苦諫國王，但一意孤行的年輕國王完全聽不進去。

唯有另一支柱「巫女」有辦法制住國王。然而當時的「巫女」凝聚朝廷的能力不夠強，也即將到達隱退的年齡。

新一位「巫女」誕生時須得晉見國王。若是白色的特別「巫女」更是意義深重。

巫覡為了廢黜昏君而利用了巫女，將巫女變得不再是**男子**。就像閹割公山羊仔那樣，把巫女去勢了。

巫女被變成**女子**，晉見國王。嬰兒啼哭並非什麼稀奇事，據說巫女就在陌生的氛圍下哭泣起來。巫覡以此為根據，說出「當今國王難承大任」的占卜結果。

這番告白幾乎是否定了巫女的整個人生。都已經作為「巫女」活了二十年以上，卻在這一瞬間全成了謊言。

巫女只不過是用來廢王的棋子，一輩子卻始終相信自己不同於常人。

巫女很想狠狠咒罵斷氣的巫覡，卻無知到連罵人的惡言都不會。一點皮毛知識根本不具意義。就連這僅有的一點知識，恐怕都是巫覡為了逃避自責之念才傳授給巫女的。

隨著前任巫覡的死，巫女以養病為目的，遷居至鄰近出生村莊的地方。前任巫覡能力優秀，充分活用了巫女這個傀儡，安定了政局。孫女巫覡雖也是優秀之人，但缺乏經驗。或許該說她們是選擇一時潛避，等慢慢熟悉了政事再回朝比較正確。

事實上，隨著巫覡的世代更迭，有些人也在無言地催促「巫女」跟著遜位。好幾名良家子女來到巫女身邊做見習，其中也包括了愛凜（艾琳）與姶良（艾拉）。兩人皆才華出眾。如同前任巫覡為巫女做的，巫女也讓她們接受了教育，或許是在償還欺騙她們的罪過。只是這的確成了開拓她們未來可能性的手段。

巫女以前覺得「巫女」之位隨時都可以交出，如今卻只能巴著不放。因為自己是為了成為「巫女」而捏造出的存在，是連名字都被人遺忘的存在。

雖然愛凜與巫女很親近，但對大多數見習巫女而言，巫女想必是個礙事的存在。姶良也是敵視巫女的人之一。兩人雖如孿生姊妹般相似，性情卻不同。

就在巫女心想不能一直以養病為由逃避時，巫女誕生的村莊派來了差役，還帶著包裹白色襁褓的嬰兒。那嬰兒的皮膚白得能透視血管。

「巫女大人。」

聽慣了的聲音把巫女嚇了一跳。巫覡就在巫女的眼前。巫女回憶起往事，一時竟回憶得出了神。

「……大人真要這麼做嗎？」

眼前放著一碗鹹粥。對了，巫女方才是請巫覡去備膳。

「再拖下去會讓人起疑的不是？」

「……」

巫覡神情黯然無色。巫女以為她已經諒解了自己的一切，為何還要露出這樣的神情？巫女握緊拳頭，低下頭去避免與她四目交接。

「我要獨自用膳。所以，妳迴避一下吧。」

巫女笑著，只能笑著。

「有妳在，之後的事我就放心了。」

巫女正要慢慢將調羹送到嘴邊，卻發現外面不知怎地吵吵鬧鬧的。

巫女皺起眉頭與巫覡面面相覷時，房門忽然被用力打開了。

『失禮了！』

一個小個頭的姑娘說著茘國語言大膽現身。她是醫官的貼身女官，來看診過好幾次。明明記得她今天是不會來的。

「放、放肆！」

巫覡擋到女官面前，但女官動作輕靈地溜過她身邊來到了巫女跟前。侍衛都上哪去了？

「不放肆，我的差事，這個！」

姑娘改成用砂歐的語言說道。講得很生硬。

驚呆了的巫女還來不及理解她在說什麼，調羹已經被她搶去。
然後女官把粥往嘴裡送，咕嘟一聲嚥了下去。
巫女與巫覡臉色變得鐵青。
女官滿意地一笑，瞇著眼睛看向巫女。
「好吃。蕈菇粥。」
女官一副自鳴得意的神情說道。

二十一話　巫女的告白

貓貓想再來一口，拿著調羹要舀粥。但美味的蕈菇粥被巫女的侍從搶去了。

「妳、妳這是做什麼呀！」

「還能做什麼，試毒呀。」

對方改用茘國語跟貓貓說話，看來貓貓的砂歐語說得還是不好。謝謝對方願意這麼做。

「請把那碗粥給我，試毒還沒試完呢。還是說，您打算讓巫女大人吃這剩下的粥？」

「……」

看侍從不說話了，貓貓抓準了機會繼續說：

「本來我想您也不會這麼做，不過不會留下證據就能到手的毒物，應該挺珍貴的吧？」

「妳說這話有何根據？」

侍從一瞬間臉孔僵住，但立刻變回平靜的表情。這兩人能想出那麼複雜的手段，臉皮自然也夠厚。巫女也一副若無其事的模樣。

（我想也是。）

要是這麼容易就招供，事情不知道有多簡單。

「那麼可否稍候片刻？如果小女子剛剛吃的粥有毒，毒性應該會在小女子身上發作才是。只吃一口不能確定毒性會不會生效，請把剩下的給我。」

貓貓伸手過去。侍從不肯把粥交出來。

「剛剛那一口，頂多只能吃到一小片蕈菇，不到致死量。請把粥給我。」

「別說傻話嘞。既然有毒就快吐出來。」

「不，小女子不吐。」

貓貓從懷裡取出簿本。

「那是？」

「是為巫女大人試毒的女官姚兒寫的手記。她是個勤學的姑娘，小女子教過她於試毒之際，只要聞到怪味就不能吃。假設是愛凜娘娘下的毒好了，若是抹香的話應該會聞得出來才是。她雖然經驗不夠老道，但絕不是那種會弄錯基本作法的姑娘。」

而手記上，鉅細靡遺地寫著國宴前數日間的情形。

「上面有仔細寫下巫女大人的膳食內容。在國宴舉行之前，早膳似乎端出了與這粥相同的粥品。」

筆記寫著「早晨　蕈菇鹹粥」。

「我想妳們一定是仔細計算過藥性生效的時機吧，好讓妳們剛好在國宴結束後才身體不適。然後，或許妳們心裡多少也有點內疚？照毒物那份量，只要**適當**醫治就不會要人命。」

姚兒病情如今已經穩定下來。雖然內臟會不會留下後遺症仍令人擔心，但據說性命已無大礙。燕燕想必也能暫且放心了。

「還請這位姑娘別再滿口胡言嘞。犯人不是早已招供嘞麼？」

「是，她是招了。是不是今日有人來通報兩位，說犯人已經就逮，即將受刑？所以您才能放心結束自己的性命。」

既然必須讓愛凜揹這黑鍋，罪名確定之後巫女就得自盡。之所以選擇了藥性分成兩階段的毒物，原因或許就在這裡。再加上一旦確定愛凜就是犯人，巫女之後的死很可能不了了之。輕率地抓出真凶對雙方立場而言反而有所不便。

二人冷靜地看著貓貓。

（不會現在冷不防把我封口吧。）

羅半在巫女的離宮伺機而動。他已經派差役去喚阿爹了，想必很快就會過來。

（要把我封口很難，但她們必定更不樂見事情現在遭到揭發。）

貓貓明白。而且這對貓貓而言也不能算是好事。她至今之所以語帶威脅，並非是要揭發她們的罪行，無非是在誘導她們聽貓貓說話罷了。

「巫女大人。您與愛凜娘娘似乎早就認識了呢。」

「……正是，因為她曾是巫女候補。」

巫女開口了。神情稍顯落寞。

（果然。）

愛凜是在袒護巫女。假如是巫女單方面把罪名冠到愛凜頭上，她還會有此反應嗎？毋寧說照巫女等人的作風來看，或許從一開始讓愛凜進入後宮都在計算之內。

「繼續這樣下去，她會被處以絞刑的。」

巫女抖動了一下。看來巫女的演技比侍從拙劣多了。要動搖決心的話，從巫女這邊下手比較好。

「我不知道砂歐是如何，但在這個國家別說行刺，即使是行刺未遂也要處死的。看來大人是打算對為了您慷慨赴死的人見死不救呢。」

二人沉默無言。

「您要對愛凜娘娘見死不救嗎？明明考慮到她的將來，還教導了她那麼多知識。現在又要親手摘除她的將來嗎？」

貓貓清楚明白地說了。異國的二人沒有反應。

（看來果然不行。）

貓貓正思考接著要如何說服二人時，巫女在床上低頭了。只聽見一陣像是嗚咽的聲音。

「巫、巫女大人……」

「……渥該怎麼做？」

抑制不住的聲音毫無威嚴，像是求助般的脆弱。

『有生以來，我的人生就遭到扭曲，活到現在從來沒有抵抗過這個命運的洪流。我除了巫女這個立場之外一無所有。所以，我本來希望直到生命的最後一刻，都能夠做個克盡職守的巫女……』

她不知不覺間開始改說砂歐語了。貓貓拚命傾聽她說些什麼。

「巫女大人！」

侍從狂搖巫女的身體，但巫女繼續自白。

生硬的荔語與流暢的砂歐語交相混合。

就內容來說，似乎與貓貓的預測相差無幾。擁王派不樂見巫女權力坐大，開始用計剝奪巫女的地位。只是失去地位還好，如果連將來的夫家都決定好了，巫女就不能不慌張。

「渥想他們的目的必定是要讓巫女的權威墜地吧。因為那孩子……艾拉她討厭渥……」

（姶良……）

也就是另一名女使節。愛凜並非全都在說謊，其中也巧妙混雜了真實。姶良或許因為沒能成為巫女，而對白子妒恨不已。這麼一來，她唆使白娘娘為惡也就說得通了。

姶良那麼做是發現了巫女的真面目，抑或是想藉由讓巫女嫁人的方式否定其神聖性，就不得而知了。不過光是讓巫女世代交替，就足以大幅削減其權力。

貓貓並未說過自己知道巫女是男兒身，不過聽巫女的語氣，似乎已經從前後文當中聽出了端倪。或者也可能是情緒激動而說溜了嘴，不過貓貓無意去戳破。

「這事是艾琳主動跟渥提的。」

說是愛凜先察覺了情同姊妹的姶良的企圖。又說白娘娘遭到她的利用與教唆。

「因為對那孩子而言，巫女是很特別的存在。」

侍從說道。

愛凜熟知茘國的國情。當巫女在國外亡故時，遺體會以骨灰的形式送回祖國。雖然茘國以土葬為主，只有死罪之人才會火葬，不過這是文化上的差異。砂歐認為巫女在遺體以火焚化後，能夠回歸太陽之下。

（一旦燒成骨灰，就不會有人再說什麼了。只消把分辨不出性別的部分帶回去就行了。）

巫女的死會讓茘國對砂歐有所虧欠。縱然犯人是砂歐人，也無法改變這一點。相較之下，砂歐則是少了個礙事的巫女。光是這樣就足以讓國王滿意。

「縱然巫女大人消失，到頭來又有什麼不同？」

「當然不同。」

巫女靜靜看向侍從。

「即使渥不在了，還有下一個巫女。」

（原來是這麼回事。）

巫女向來以初潮未至的姑娘為人選。侍從歸國後，原本的智囊會繼續由侍從擔任。

「下一個巫女比渥優秀多嘞。所以渥能安心交出地位。」

巫女說一個小姑娘比四十歲的自己更優秀，不知有何根據。貓貓雖心有疑問，但就先別問了。

「即使渥不在了，也不會有問題。」

只是對於巫女的這句發言，她忍不住要插嘴。

「真是如此嗎？」

貓貓潑冷水般的說道。

「這終究不過是巫女大人妳們的如意算盤罷了。妳們有沒有想過假如這事讓聖上知道，會有什麼下場？」

她們現在談的全都只是砂歐的利益。茘國不但遭人在國內恣意生事，還對砂歐有所虧

欠，一點好處都沒有。就算巫女與愛凜為此事犧牲也一樣。

巫女憂國忘私。但她的憂慮，卻是建立在對外國造成的困擾上。

「假如姚兒因此喪命，大人打算如何彌補？」

只有這件事她一定要說。

貓貓拍拍姚兒的手記，想問問她為何得受這個罪。

「這、這個……」

看來二人不免也感到內疚。她們不能隨便用個毒性微弱的藥。必須讓大家看到毒性夠強，才能對巫女之死沒有疑問。雖說調整過毒性，但只要走錯一步，姚兒恐怕已經死了。

「假如二位一味對我國造成損害，只想漂亮解決自家的事情，那麼小女子也不會默不作聲。」

「……即使渥死也不行嗎？」

「小女子就是不滿意這種想一死百了的心態。」

貓貓說出最想說的話，心裡舒服多了。換言之，她或許是不喜歡這種撒手不管身後事的態度。

無意間，貓貓想起一個喜愛蟲子、天真爛漫的姑娘。想起那個消失在雪中，從此下落不明的姑娘。貓貓有時會忍不住看看攤販，希望有一天送給她的簪子能夠回來。

「巫女大人能保證自己死後，砂歐不會對茘國做出無理要求嗎？」
「……這個，渥是希望貴國能多少接受幾個要求。」
「何種要求？關於糧食的嗎？」
「這也是其中之一。另一件事，是打算請貴國引渡應該在泥們這兒的白色姑娘。」
「您是說……白娘娘嗎？」
她們應該不可能是親子。這讓貓貓想起，愛凜從一開始也都在暗示此事。兩人究竟有何關係？假若是始良在唆使白娘娘，那她有可能是砂歐的人民。
「那姑娘原本應該是要作為下一任巫女，接受培育的。」
說是白娘娘出生於巫女誕生的村莊，與巫女是親屬關係。看來以血統而論，的確是易於生出白子的家族，但據說仍然很少見。
「那時，渥若是乖乖交出地位，想必就不會演變成如今的局面嘞。渥變得只能抓住巫女的身分地位不放，於是將白色嬰兒送回了村莊。」
然而，不知是出於何種機緣巧合，白娘娘如今遠渡外國興風作浪，最後還成了罪人。
「同時有兩個白子存在會留下後患。渥是這麼想的，於是要他們祕密養大那孩子。誰知道——」
「她卻遭人利用了？」

「聽說是艾拉想貶損渥，因而利用了她。聽聞約莫於五年前，那姑娘就被人帶走嘞。」

巫女只是愴然垂首。

縱使沒成為巫女，存在受到隱蔽的白子姑娘一樣無處可去。

「……換言之，巫女大人是真的只給我國平添了麻煩呢。」

「大膽！」

聽到貓貓講話直白，原本還保持冷靜的侍從露出滿面怒容。反倒是巫女勸阻了她。兩人之中有一人情緒激動，另一人反而會平靜下來。給人的感覺就像長年共處的伙伴。

「無妨，她說的是事實。」

「是呀，既然這樣，不知大人有無意願將剩下的半輩子用來為此事贖罪？」

貓貓想了半天沒能想到更好的法子，最後還是把它說出口了。假如這樣行不通，那她也沒轍了。

「能否請大人就這麼死個一次？」

貓貓所言讓二人面面相覷。

二十二話　未來的巫女

匡啷匡啷地，遺骨被裝進了陶罈裡。兩隻手掌大小的遺骨只能弄碎才裝得進去。最後附上一束白色流蘇般的頭髮，用絲織品包起來。

真是作夢也想不到不知其名的女子遺骨居然將在異國之地受到崇敬。誰也想不到這罈骨灰會在安魂曲的演奏中，由群眾目送離去。

貓貓一邊摸摸身上只以形式表示哀悼的黑帶，一邊悄悄離開了現場。

後來，巫女按照預定過世了。除了貓貓之外，阿爹也到場驗屍。假如讓其他醫官到場，貓貓就真的得讓巫女服下詐死藥了。

（因為光靠阿爹騙不過。）

抱歉貓貓必須語帶威脅，但是一講到人命問題，阿爹總是比較心軟。貓貓就讓他當了半個共犯。

然後，講到真正的巫女……

「住這樣的地方還滿意嗎，巫女？」

壬氏詢問道。他們不知該如何稱呼已不再是巫女的她，結果只得沿用舊稱呼。

既然已非巫女，男子也就無需止步了。

「滿意，這兒讓渥心靈平靜。」

房間裡掛起了重重帷幔。這是特別準備的，以免讓巫女被日光直接照到。

「那就好。若是妳不喜歡這些日用什器，我還想過叫人替換呢。」

男裝的麗人阿多，從壬氏的背後出聲對巫女說道。她的離宮，可以說已經成了像巫女這樣無法拋頭露面之人的藏身處。

皇上至今有時還會駕臨阿多居住的離宮。因為阿多雖已非嬪妃，她的才智卻比隨便一個官員更聰敏。或者也許只是變回了皇上的酒友。

他們有著充分的理由將巫女藏匿於此處。

巫女不願降低巫女在砂歐國內的地位。因此，她原先打算在國外死去，以消除肉體上的證據。

尋求外國庇護不是個好辦法。那會讓巫女的威嚴掃地。

巫女之所以選擇一死，或許是認為再也沒有自己能做的事。

（才沒有那種事。）

巫女究竟明不明白在鄰國長年身居高位的人物具有何種價值？這樣的人即使遜位隱退之後一樣能發揮力量。

累積了數十年的知識，不曉得具有多大的價值。

這麼做對巫女而言雖是背叛久居多年的國家，但她如今似乎是迫於無奈。

「您願意回應我方的交換條件吧？」

「願意。畢竟有兩個人質在貴國這邊。」

她指的是以待罪之身受囚的白娘娘與愛凜。從她們的罪名來想，何時被斬首都不奇怪。

「還有，也請貴國出手救濟砂歐。」

敢做出這種要求，真是有膽量。

「只要巫女提供的消息值得的話。」

壬氏也面露不吃虧的笑容。對於超越了性別藩籬的巫女來說或許不管用，但那笑容在這昏暗的房間裡仍然耀眼得惹人討厭。

為政不講正直卑鄙，只要能長治久安，用上這種手段也不稀奇。

壬氏走出房間，貓貓隨後跟上。

「噢，請留步。」

貓貓被巫女叫住，回過頭來。巫女手中拿著某種卷軸。

「請收下。」

給的人不是壬氏，而是貓貓。貓貓好奇地打開卷軸，發現只是捲起的羊皮紙，而且捲了好幾張。紙上畫著莫名樸拙的塗鴉。

「小孩子的塗鴉？」

她不由得說出口。

「正是。」

巫女表示肯定，但那離宮裡有小孩子嗎？貓貓回想一下，隨即睜大眼睛。

（的確有個小孩。）

就是那個侍從帶著的，不會說話的小孩。貓貓她們三人不是一邊大傷腦筋，一邊幫那個叫做家私鼓兒的小姑娘找過家長嗎？

（對耶，在離宮都沒看到她。）

假如這是家私鼓兒畫的，其中具有何種意義？貓貓盯著瞧了一會，「嗯嗯？」忽然覺得大惑不解。

用染料繪成的圖畫中，有兩個白衣人，應該是年輕女子。而其中一人，手上纏著像是白布條的東西。

「這是……我嗎？」
「正是。」
假如她是幫貓貓與姚兒畫畫，那就得收下不可了。可是貓貓遇見家私鼓兒時不只跟姚兒在一起，燕燕也在。還有那時候，她們應該並未穿著見習醫官的衣服。
貓貓正偏頭不解時，發現羊皮紙背後寫有數字。很有可能是日期，但看起來卻很陌生。
「呃……這是……」
「是渥們從砂歐啟程之前，佳絲古爾畫的。」
「啟程之前？」
不，這樣不對吧。那時她還沒遇見貓貓她們。巫女這是在說什麼笑話？
巫女難得露出了半開玩笑的表情。
「渥不是說過麼？即使渥不在嘞，下一任巫女仍然可以做得很好。那天，佳絲古爾迷路的時候也是，是那孩子難得任性要求，吵著要外出。那一定是為了去見泥們。」
「呃，不，這怎麼……」
貓貓只願意相信有真憑實據的事。她認定巫女一定是在開玩笑，然後翻開羊皮紙。第二張上畫著像是巫女的人、莫名閃閃發亮的人、身材高挑的人，以及跟剛才貓貓的塗鴉相同的圖畫。

跟此時在場的幾人完全吻合。

「……」

「另外還有一幅，請姑娘晚點慢慢欣賞。」

貓貓不知道該說什麼才好。她只是愣愣地呆站原地。

「有件事渥想說個明白。渥以前也是有過此種能力的。人人都說砂歐的巫女以缺少某些部分為代價，擁有不同的力量。渥缺乏顏色，佳絲古爾則是少了聲音。只是渥自從得知了自己的真正性別以來，能力就消失嘞。」

看來巫女的學習能力很強。比起初來乍到之時，講話流暢多了。

貓貓正在發愣時，壬氏回來了。

「喂，妳在做什麼？走了。」

「這、這就來了。」

見貓貓急忙跟來，壬氏一臉不解地往前走。或許他沒聽到剛才的對話。

（那個巫女，究竟是何方神聖？）

其中應該有某些道理才是。可是，貓貓不知道是什麼道理。不，等等，搞不好是碰巧畫了那樣的畫，然後刻意安排狀況去配合圖畫。貓貓一面思考一面坐上馬車。

坐上馬車之後，她打開最後一張羊皮紙，卻還是一樣只能偏頭不解。

「這畫的是什麼？」
「小女子也不知。」
紙上畫著一條線，被亂七八糟地塗成一片烏黑。

終話

蟬鳴告終，變成聽見了蟋蟀聲。

（城裡會不會正在鬥蟋蟀？）

就是讓兩隻蟋蟀相鬥的遊戲，名為鬥蟋。與鬥雞相同，常常還會賭錢；不過貓貓現在人在稍稍遠離那些市井喧囂之處。這兒是京城郊外一棟大宅的一個房間，貓貓看著臥床的姚兒。她人在姚兒的家裡。

「我很想早日回去當差。」

姚兒穿著寢衣向外看。自從試毒以來已經過了半個月以上。她雖有一段時期意識不清，不過現在想必已經沒事了。

「姑娘若能早點復職，燕燕會很高興的。」

燕燕正在當差。她已經卸除壬氏貼身侍女一職，回到尚藥局幹活，但恐怕仍然是心不在焉。她因為自從姚兒倒下以來就一直怠忽職守，所以被卸職了。聽說燕燕原本想一直守著姚兒照料她，卻被她趕了出來。

「本來還以為沒有燕燕在，我一樣能做得很好。」
姚兒的聲音近似獨白。
「我覺得那是防不勝防的。」
「即使是貓貓也一樣嗎？」
「……」
貓貓不禁沉默了。貓貓天性看到什麼新奇的毒物就愛往嘴裡放，也吃過白鵝膏，在還沒被腸胃吸收前就吐了出來。附帶一提，她搶吃蕈菇粥時，也沒忘記在消化之前以手指催吐。只是由於胃裡殘留了一點，所以後來小吐了一下。
（之前那時候也被老鴇揍肚子揍得好慘。）
可能是替娼妓墮胎墮習慣了，老鴇下手夠重。貓貓差點以為連胃都要嘔出來了。
因此貓貓還記得那種毒蕈的口感與味道。若還保有蕈菇的原形，也許一眼就看出來了。
「我是不是真的還不夠成熟？」
姚兒撩起瀏海。雖然因為中毒而頓時消瘦許多，但胸部還是一樣大。
貓貓把阿爹託她帶來的藥湯送給姚兒。姚兒自從過了危險期之後就在自家養病，但貓貓看看宅第，覺得有些不解。
宅第本身是很氣派，但散發出些許冷清的氛圍。出來迎接貓貓的傭人比起宅第的規模也很少。

「抱歉傭人這麼少。」

貓貓應該要回答「不會呀」，但她天生不會說客套話。

「這兒原本是別第。本宅被叔父占去了。」

「原來是這樣啊。」

難怪會住在如此僻靜的地方。貓貓原本只知道姚兒家世良好，如今似乎才知道她為何想成為醫官的貼身女官，又這麼努力向上。

「我其實也辭退過燕燕，她還是回來了。明明再怎麼伺候我，也沒有機會出人頭地。」

聽說姚兒的父親已經過世了。雖然留下了遺產，但家業由叔父繼承。茘國的女子向來只能服從男子，既然家業傳給了叔父，姚兒今後恐怕只能聽從叔父的命令嫁做人婦。

（所以她之所以想學得一技之長……）

或許也是堅毅的她反抗此種命運的方法之一。

「燕燕也真是可惜了。月君本來好像相當欣賞她呢。」

「是呀。」

貓貓隱約可以猜出壬氏為何欣賞燕燕。或許貓貓沒資格說別人，但壬氏的性情其實頗為彆扭。比起對他過度關心，非到有必要不肯與他接觸的人比較能讓他放鬆心情。

雖然有點擔心壬氏今後會做出何種行動，不過貓貓認為短期間內應該不要緊。

「還以為燕燕無論去哪裡都能做得很好呢。」

「我倒認為燕燕要待在姚兒姑娘身邊才能發揮真正本事。」

只是可怕的是發揮過度了，讓人傷腦筋。尤其是姚兒的胸部，她一定是成天想著要讓姚兒攝取什麼營養來豐胸。

（日後一定要請燕燕教教我，她都讓姚兒吃了些什麼東西。）

貓貓十隻手指頭不禁在半空中蠢動。

「是呀。所以我本來還要她離開我身邊，但實在不行呢。不是只有我不行，是燕燕無論如何都需要我，我不得已才留下她的。」

該怎麼說呢？大概就連這種平時態度高傲，偶爾卻展現出嬌羞的地方也戳中了燕燕的心吧。等到姚兒哪一天要嫁人了，真想瞧瞧燕燕會有何反應。

「真是拿她沒法子。」

說完，姚兒瞄了一眼貓貓。

「貓貓似乎瞞著我們暗中接受很多差事呢。」

「我不懂姑娘的意思。」

貓貓對這問題決定裝傻。她不是不感到內疚。畢竟雖然姚兒最後得救了，但對姚兒下劇毒的犯人等於是被貓貓放了。而且表面上來看，姚兒也揹負了試毒失敗，還讓顯貴之人喪命的壞名聲。

（半點好事都沒有。）

「我認為啊，我本來是不該得到這般細心照料的，因為我全都搞砸了。可是，上頭卻派人小心照料我，還讓我今後繼續當差。我可沒幼稚到會以為天底下有這種好事喔。」

「……！」

「妳什麼都不用說沒關係，這是我在自言自語。貓貓妳就一臉恍神地喝妳的茶吧。」

姚兒健談地繼續說：

「我認為大家沒處罰我就已經夠好心了，也明白這就表示大家並沒把我放在眼裡。我想這種時候講東講西不是聰明人會做的事，像現在這樣說出來也證明了我不夠老成，但這些話我還是非說不可。對，不過是自言自語罷了。」

看來姚兒已經隱約察覺到，事件結束的方式並不像表面這樣。除了姚兒以外，想必還有很多人也起了疑心。大家只是認為佯裝不知才是最聰明的方法，所以保持緘默罷了。

「可是如果，這事讓燕燕知道了，我不知道她會做出什麼事來。即使我心服口服，她可能也不會聽話。所以我想請妳千萬別讓燕燕知道，別讓她發現。」

的確如果是燕燕的話，或許會對這次的事起疑。倘若她知道了下毒的真凶，而且那人還活著的話，也許會代替姚兒前來復仇。

「我可不願因為燕燕做出些傻事，害得連我也不能出人頭地。明白了嗎？就這樣了。」

果然還是一副高傲中隱藏嬌羞的態度。

這次的事件就這麼結束了；一旦上頭如此決定，貓貓也只能當作結束了。

胡亂吹皺一池春水絕無好事。

「我耳朵不好，沒聽清楚。這樣就行了嗎？」

「哎呀，那可真可憐。」

姚兒有些調皮地回答。聊完姚兒再過數日就能復職的事情之後，貓貓離開宅第。

今日是休假，因此不像平常有馬車可乘。雖然有點遠，但貓貓決定走路回去。

孩子們拎著昆蟲籠子一路跑遠。節慶氣氛已然消逝，感覺城裡似乎瀰漫著慵懶而平靜的氣氛。

對於城裡的人而言，異國巫女的死恐怕只是一時的話題。喜慶氣息也早已不留痕跡，恢復成平常生活。

貓貓用鼻子吸點變冷的風後，踏上回家的路。

《藥師少女的獨語 8》待續

國家圖書館出版品預行編目資料

藥師少女的獨語 / 日向夏作 ; 可倫譯. -- 初版. -- 臺北市 : 臺灣角川, 2020.03-
冊 ; 公分. -- (Kadokawa fantastic novels)

譯自 : 薬屋のひとりごと
ISBN 978-957-743-632-0(第5冊 : 平裝). --
ISBN 978-957-743-762-4(第6冊 : 平裝). --
ISBN 978-986-524-038-7(第7冊 : 平裝)

861.57 109000721

Kadokawa
Fantastic
Novels

藥師少女的獨語 7

（原著名：薬屋のひとりごと 7）

2020年10月7日 初版第1刷發行
2024年3月15日 初版第6刷發行

作　者：日向夏
插　畫：しのとうこ
譯　者：可倫

發行人：台灣角川股份有限公司
總　監：呂慧君
總編輯：蔡佩芬
主　編：林秀儒
編　輯：邱瑋萱
設計指導：陳晞叡
美術設計：吳佳昫
印　務：李明修（主任）、張加恩（主任）、張凱棋

發行所：台灣角川股份有限公司
地　址：104台北市中山區松江路223號3樓
電　話：（02）2515-3000
傳　真：（02）2515-0033
網　址：www.kadokawa.com.tw
劃撥帳戶：台灣角川股份有限公司
劃撥帳號：19487412
法律顧問：有澤法律事務所
製　版：巨茂科技印刷有限公司
ISBN：978-986-524-038-7